HORAS AZUIS

BRUNA DANTAS LOBATO

Horas azuis

Copyright © 2025 by Bruna Dantas Lobato

Grafia atualizada segundo o Acordo Ortográfico da Língua Portuguesa de 1990, que entrou em vigor no Brasil em 2009.

Capa
Violaine Cadinot

Imagem de capa
Lazy Afternoon, de Thomas Danthony, 2020. Acrílica sobre papel, 12,7 × 17,8 cm.

Preparação
Silvia Massimini Felix

Revisão
Renata Lopes Del Nero
Aminah Haman

Os personagens e as situações desta obra são reais apenas no universo da ficção; não se referem a pessoas e fatos concretos, e não emitem opinião sobre eles.

Dados Internacionais de Catalogação na Publicação (CIP)
(Câmara Brasileira do Livro, SP, Brasil)

Lobato, Bruna Dantas
    Horas azuis / Bruna Dantas Lobato — 1ª ed. — São Paulo : Companhia das Letras, 2025.

    ISBN 978-85-359-4050-3

    1. Romance brasileiro I. Título.

25-250870   CDD-B869.3

Índice para catálogo sistemático:
1. Romances : Literatura brasileira B869.3

Cibele Maria Dias – Bibliotecária – CRB-8/9427

Todos os direitos desta edição reservados à
EDITORA SCHWARCZ S.A.
Rua Bandeira Paulista, 702, cj. 32
04532-002 — São Paulo — SP
Telefone: (11) 3707-3500
www.companhiadasletras.com.br
www.blogdacompanhia.com.br
facebook.com/companhiadasletras
instagram.com/companhiadasletras
x.com/cialetras

*Para minha mãe e minha irmã
E para nós estrangeiros*

FILHA

1.

Cheguei ao campus de madrugada e subi as escadas arrastando minhas malas. Tinha viajado por quase trinta horas para chegar do Brasil àquela cidade no meio do nada em Vermont, mas ainda assim estava agitada demais para conseguir dormir. Até de manhãzinha, vaguei pelos corredores acarpetados da minha nova casa, conhecida no campus como a "caixa de leite" por causa do formato em ângulos retos e as paredes muito brancas. Li os nomes dos alunos nas etiquetas coloridas pregadas em todas as portas, visitei os banheiros que brilhavam com espelhos enormes, mexi em todos os armários e abri a geladeira vazia na cozinha no andar de baixo, ainda com cheiro de nova, como se ninguém nunca tivesse guardado comida nela.

Os quartos da minha casa tinham móveis idênticos de pinho: uma cama, uma cômoda, uma escrivaninha e uma cadeira que balançava levemente e arranhava o assoalho de madeira envernizada. Quando minhas duas colegas de apartamento chegaram, uma semana depois, cobriram seus quartos com colchas, pôsteres, cadernos e adesivos coloridos, e logo os dois ficaram diferentes: um macio com almofadas e tapeçarias nas paredes, o outro duro com cristais e cerâmicas feitas à mão. O assoalho riscado desapareceu sob tapetes felpudos. Elas tinham geladeiras, micro-ondas, chaleiras elétricas, lousas brancas com recados penduradas na porta, fotos emolduradas, cacarecos sobre todas as superfícies, pedacinhos de casa que trouxeram com elas ou compraram on-line. O quarto delas parecia cheio de si, transbordando com estampas, formas, recordações de suas vidas.

O meu continuou amadeirado, com tábuas por dentro e os pinheiros do lado de fora da janela enorme que dava para o campo de futebol. Nas minhas malas, só couberam meus diários, poucos livros favoritos, algumas roupas, frasquinhos de xampu e condicionador e uma minibarra de sabonete para me ajudar a sobreviver aos primeiros dias. Minha mãe me deu a bolsinha vermelha de primeiros socorros que ela deixava no carro com analgésicos e curativos e eu a enfiei na mochila, pronta para enfrentar o mundo, mesmo que me machucasse.

Apesar de eu ter uma bolsa integral e um trabalho de vinte horas por semana nos correios da faculdade, não tinha condições de comprar nada que não fosse imediatamente útil, só o essencial disponível nas lojas listadas no folheto de boas-vindas aos alunos estrangeiros, Walgreens, AT&T e Walmart: cadernos, toalhas, um cesto de roupas, um celular barato com teclado. Além dos lençóis brancos simples e de um travesseiro, a única coisa que comprei para o meu quarto foi um abajur: azul-marinho, articulável, um pouco de cor no meio dos tons de bege. Quando minha mãe me ligava pelo Skype, do nosso apartamento na periferia de Natal, era isso que ela via. O brilho daquele abajur, morno, sempre me iluminando. Depois, quando ficou mais frio e escuro, quando o céu se encheu de neve e as paredes brancas viraram azuis, eu dependia daquele calor, que esquentava minha pele quando a luz ficava acesa por certo tempo.

No começo, a gente se falava todos os dias, daí três ou quatro vezes por semana, quando as aulas ficaram mais puxadas e eu tinha trabalhos da faculdade para fazer. Eu arrumava a minha cama, empurrava para um canto a louça suja que tinha deixado na beira da janela e guardava as roupas penduradas no encosto da cadeira como espécie de preparação para as nossas ligações. Acendia o abajur, morno, e me sentava debaixo do seu abrigo. No computador, conferia minha imagem pela câmera para ver se as minhas olheiras não pareciam muito fundas, se nada no quarto estava fora do lugar. No Skype, através das nossas conexões lentas, minha mãe me perguntava como eu estava.

Mostrei pela câmera meus lençóis novos, meus cadernos em branco, minhas canetas ainda no plástico.

Você tem tanta vida pela frente, minha mãe disse.

O sol estava se pondo em Natal e amarelava sua sala.

Aproveite o calor por mim, falei.

Nos outros dias, quando eu não passava tanto tempo no quarto, enviava fotos minhas lá fora: debaixo de uma macieira carregando uma cesta de maçãs com minha nova amiga Safia, experimentando um casaco acolchoado num bazar, lendo livros da disciplina de *English literature* na frente da biblioteca e deixando minhas pernas balançarem na beira do cais do lago. Eu sorria em todas as fotos. O campus era lindo no outono, folhagem vermelha e dourada por toda parte. Sempre que eu pisava nas folhas ressecadas no chão e elas estalavam, quase me esquecia de tudo que sentia falta.

Quase me esquecia, mas nunca completamente. Safia me passava seu celular para eu tirar fotos dela para os seus pais no Paquistão. Ela sorria com as Montanhas Verdes ao fundo. Eu lhe entregava o meu para que ela fizesse o mesmo por mim.

Eu posava, uma mão no quadril, a outra segurando o cabelo para que não voasse no meu rosto.

Então nos sentávamos num monte de folhas, debaixo de um bordo, para estudar as fotos uma da outra, como estávamos diferentes com aquelas roupas e botas novas, neste lugar dourado.

Duas nerds de óculos e botas UGG falsificadas, eu falei e ela riu.

Você vai ver, nossos pais vão adorar, Safia disse. Os casacos até os joelhos, as cores vivas das folhas, as montanhas. É exatamente como eles imaginam.

Parece que você está andando na estrada do *Mágico de Oz*, eu disse.

Ela disse: Parece que você mora num cartão-postal.

Durante as duas primeiras semanas no campus, tentei registrar todas as minhas experiências novas num caderno. Pratos que comi pela primeira vez, coisas que nunca tinha visto, expressões que não conhecia, palavras que ainda não conseguia pronunciar. *Hegemony, facetious, Worcestershire*. Um celeiro vermelho transformado em prédio acadêmico, copos de café servidos com canudos, ovinhos azuis num ninho, um carrapato de cervo, me contaram, subindo na minha perna. Carreguei o caderno no bolso e rabisquei nele sem pudor durante as aulas, refeições, conversas com os amigos, na esperança de que me ajudaria a captar algo daquele lugar. Eu teria uma imagem mais completa do que a que conseguia com a câmera, e isso serviria para eu me lembrar daqui mais tarde e também para compartilhar com a minha mãe.

Mas quando finalmente li o caderninho, só continha coisas como *Chipmunks não são uma invenção de desenho animado! (Não são nem esquilo, nem serelepe, nem caxinguelê. Por que não tem uma palavra em português?*), ao lado de uma página inteira que listava árvores coníferas: espruces, cedros, ciprestes, dezenas de tipos de pinheiros. Enfiei o caderno numa gaveta da escrivaninha e nunca mais escrevi nada, decepcionada com o fato de aquilo me parecer insuficiente e, ao mesmo tempo, exaustivo demais. Por um lado, lugar nenhum pode ser reduzido a um catálogo de comidas, plantas e cômodos. Por outro, havia coisas demais para nomear e tudo precisava de uma forma, uma textura, uma cor. Entendi naquele momento que eu nunca conseguiria terminar de contar à minha mãe tudo o que via, que precisaria de tanto tempo para contar quanto para viver.

Ainda assim, eu tentei. Contei-lhe como era caminhar pela neblina espessa, enrolar meu pescoço com lã, comer costelas com molho de mel.

Você me promete?, ela perguntou. Você me promete que vai voltar inteira?

Antes que me desse conta de quanto tempo já tinha passado, nevou pela primeira vez. Acordei e o campo de futebol que eu via pela janela tinha desaparecido debaixo de colinas de pó branco, sopradas pelo vento como dunas. Era outubro. O céu se mostrava de um cinza impenetrável, as nuvens muito densas para que a luz do sol atravessasse. Vesti minha jaqueta acolchoada e corri para fora. Flocos de neve caíram no meu cabelo e no casaco, estrelas minúsculas cheias de detalhes, e se dissolveram imediatamente ao meu toque. Apanhei um punhado de neve do para-brisa de um carro, na esperança de transformá-lo numa bola, e aquilo desapareceu entre meus dedos, amorfo, leve, entorpecedor. A água começou a encharcar minhas botas e meias, e meus dedos dos pés passaram a enrijecer. Voltei, alegre, apesar do frio, e meus óculos embaçaram.

Liguei para minha mãe para mostrar a neve caindo fina lá fora.

Está nevando!, gritei.

Ela achou reconfortante, embora a neve talvez fosse muito leve para aparecer na câmera.

Esse é o campo de futebol, eu disse, apontando pela janela.

Tão branco, ela disse na nossa língua. É o lugar mais branco que eu já vi.

Minha mãe levantou o laptop e me mostrou a vista familiar do quarto andar da sua janela, as antenas parabólicas nos telhados. O céu dela era tão azul e o sol tão forte. O dia dela estava perfeitamente claro, como se ela estivesse vivendo uma imagem da realidade, e o céu escuro e as árvores brancas sobrecarregadas de neve que eu via pela janela fossem seu negativo.

Pelo chat, enviei uma foto da caixa de leite, casa branca contra fundo branco, para que ela visse o formato da minha casa nova na neve.

Parece um museu de arte internacional, ela disse. Uma nave espacial leitosa. Não é muito aconchegante, né?

É aconchegante por dentro, eu disse.

Ela riu e seu rosto congelou por um momento, no meio de uma frase, depois se mexeu de novo.

Eu daria qualquer coisa para morar aí com você, ela disse. Onde neva leite, e até as pessoas são de leite, e sai leite da torneira no refeitório, e esquilos (ou ela quis dizer *chipmunks*?) te cumprimentam de manhã.

Eu ri.

É assim que você acha que é morar aqui?, perguntei.

Sim, ela disse. Mas é óbvio. Você é uma criança sozinha num palácio. Pode comer doces o dia todo e passar à noite em claro, se quiser.

Às vezes eu vou ao trabalho, eu disse. Às vezes até estudo bastante!

Em algum lugar no corredor, lá fora, alguns alunos riram

de uma piada, uma porta bateu, alguém dedilhava um violão. O céu estava nublado e a neve ainda caía, leve e linda, azulada na luz da manhã. Meu quarto tinha um cheiro frio de gelo e pinho do qual eu tinha aprendido a gostar, e o aquecedor exalava vapor. Aumentei o brilho da luminária na escrivaninha com a volta de um botão e me abriguei no seu calor, enquanto minha mãe permaneceu na sombra por mais um momento, suas bochechas brilhando por causa da luz azul da tela do computador.

Ela desviou o olhar da câmera por um instante, um vaso azul no cantinho pairando acima do seu ombro, em seguida olhou de volta para mim, as sobrancelhas arqueadas.

Então, quando você vem me ver?, ela perguntou finalmente. Ou você está planejando ficar no seu palácio de leite para sempre?

Prometi que voltaria para casa em breve, não se preocupe. Estava economizando dinheiro e poderia até tirar um semestre sabático, se ela precisasse de mim, se ela começasse a se sentir sozinha ou ficasse doente de novo. Voltaríamos a conversar pessoalmente, sem interrupções. Eu poderia levar lembrancinhas. Poderíamos nos abraçar!

Mas eu gosto daqui, disse. Um pedacinho de mim queria poder ficar aqui para sempre. Tenho aprendido todo tipo de coisas. Como os astronautas não conseguem chorar no espaço. Como uma cobra de duas cabeças briga consigo mesma por comida. Como cidades fantasmas em toda a América tiveram a madeira de suas construções reaproveitada. Como personagens em romances se apaixonam e abandonam seus amores, e se apaixonam e abandonam tudo de novo.

Estou me tornando uma pessoa melhor!

Não é tudo em vão, eu juro.

Quando terminei de falar, vi que a ligação havia congelado

de novo. Eu não tinha certeza do quanto do meu discurso efusivo ela tinha ouvido.

Desliguei e liguei para ela de novo e aguardei pacientemente a resposta. Quando ela atendeu, sua câmera parecia não estar mais funcionando. Em vez do rosto da minha mãe, tudo que eu via era uma auréola branca reluzindo contra o fundo preto, o símbolo de que algo ainda estava carregando.

Você nunca me disse quando vai voltar pra casa, ela disse.

Logo, eu espero, falei mais perto do microfone. Estou economizando dinheiro.

O que você disse?, ela perguntou. Sua voz está tão longe, parece que você está falando de dentro de uma lata.

Logo.

2.

Logo descobri que o prédio principal do campus estava sempre aberto, com computadores e impressoras que qualquer pessoa podia usar, além de uma antiga cabine telefônica de madeira com porta de vidro escondida num canto. Peguei o telefone e me surpreendi ao ver que funcionava, o sinal insistente e alto, pronto para ser conectado a uma voz. Um papel colado na parede dizia: FREE! E, então, em letras menores: Não use para chamadas internacionais, por favor. Coloquei de volta no gancho. Pelo vidro, via os escaninhos de madeira usados como caixas de correio, sem nenhuma porta, as cartas e os pacotes intactos nos seus espaços, prova de que esse era um lugar seguro de verdade.

Poucos dias depois, descobri também a sala vinte e quatro horas da biblioteca, outro lugar que estava sempre aberto e não parecia precisar de chave. Comecei a escrever todos os textos para as minhas aulas nesse lugar, depois de todo mundo já ter ido dormir, e assisti a um amanhecer após o outro pelas suas janelas voltadas às montanhas. Safia e alguns dos outros alunos estrangeiros às vezes passavam a noite ali comigo, digitando e tomando chá da mesa de bebidas quentes, e então nos distraíamos e conversávamos sobre nossas aulas, nossos hobbies, passeios para Nova York, sobre como estávamos nos virando com o plano de saúde da faculdade, declarando imposto de renda como estrangeiros não residentes, procurando por moradia para as férias de verão, escrevendo petições ao departamento de auxílio financeiro, fazendo transferências internacionais, planejando voltar para casa e quando.

Najwa, nossa amiga palestina, costumava se sentar no chão com seus livros e fichários espalhados por todo lado. Durante a pausa para o chá, certa noite, ela disse para a gente: achava que viajar seria mais fácil quando eu estivesse num colégio internacional chique na Europa, que eu pensaria que o mundo era menor, que poderia só me enfiar num avião e voltar para casa. Mas nos quatro anos que passei na Holanda não consegui voltar à Palestina uma única vez. Agora minha irmã de dez anos já tem quinze, está prestes a ir estudar no exterior, em alguma cidade no Canadá, e também nunca mais vai voltar para casa.

Olhei para o fundo da minha xícara de chá verde, desejando que alguém como Najwa tivesse me avisado quão difícil seria partir, quão difícil era ficar.

Safia disse que, quando estava no colégio interno para meninas no Paquistão, ela chorava toda vez que precisava se despedir das colegas de quarto e voltar para casa. Meus pais brigavam comigo no carro. Pare de chorar, Safia, o que é que você tem, por que não quer vir pra casa? Nem era na verdade porque eu estava apaixonada por uma das meninas!, ela disse, e a gente riu.

Terminamos nossas tarefas e fomos para o café da manhã no refeitório, de olhos fundos e cansadas demais para continuar o papo. Safia gostava de comer bagel com queijo cremoso e de tomar chá preto com leite. Najwa gostava de comer ovos mexidos e beber chá verde. Comi minhas panquecas em silêncio, depois enchi a caneca térmica com café e a garrafinha com powerade azul da máquina de refrigerante para me manter acordada pelo resto do dia.

Na maior parte das noites, no entanto, eu ficava sentada sozinha na biblioteca, só as montanhas, os livros e eu. Apagava as luzes fluorescentes do teto e me debruçava sobre um abajur verde estilo inglês. Minha escrivaninha preferida, uma mesa de madeira escura com as pernas torneadas, tinha um apontador de lápis na borda com uma manivela, que eu gostava de girar mesmo quando não havia nenhum lápis para afiar, pois me ajudava a pensar, como se pôr as mãos para trabalhar fizesse meu cérebro trabalhar também. Numa única noite, sentada lá, terminei de ler um romance de Henry James, escrevi um ensaio sobre os contos de fada de Hans Christian Andersen e fiz um teste do BuzzFeed sobre em qual país eu deveria morar, que aparentemente era os Estados Unidos. Não importa o que você está procurando, você vai encontrar na América, dizia o resultado.

De madrugada, fui ao correio vazio e coloquei meu trabalho no escaninho do professor, o que me deixou agitada e feliz. Já não parecia tão estranho que o correio estivesse sempre aberto, que alguém como eu pudesse terminar o trabalho na biblioteca e correr para o prédio ao lado para entregá-lo, um ato de consagração que não podia esperar até a manhã seguinte. O campus era lindo e fantasmagórico àquela hora. A lua ainda estava alta no céu, as folhas farfalhavam na brisa gelada, os galhos estalavam sob os pés. Corri pelo gramado e depois pelo caminho mal iluminado até a caixa de leite, e não vi uma alma viva em lugar nenhum, exceto pelo coelho que pulou nos arbustos quando bati as portas do prédio.

No meu quarto, acendi a luminária, pus o pijama de flanela

e liguei para minha mãe. Ela atendeu no segundo toque, surpresa que eu estivesse chamando de manhã tão cedo.

O que foi?, ela perguntou, uma xícara de café na mão. Um raio de sol caía sobre seus ombros. Ela vestia uma blusinha de alça azul-clara que eu reconhecia da nossa vida junta, que ela gostava de usar para dormir nas noites quentes.

Nada, eu disse. Só estava precisando de uma folga de manhãzinha.

Ela sorriu.

Que bom, ela disse. Então não tem novidade?

Sempre as novidades, como se nossa vida fosse feita de manchetes de jornal.

Eu fiz piada, brinquei que as telas dos nossos computadores eram TVs e nós éramos apresentadoras e âncoras do nosso próprio programa.

A situação parece estável no momento, eu disse. Nenhuma informação adicional foi divulgada. Como vai por aí nos nossos estúdios?

O vídeo dela congelou e então se mexeu de novo. Ela arregalou os olhos, soltou uma gargalhada.

Não, mas sério, ela insistiu. O que mais?

O que mais o quê?

O que tem de novo por aí? Quero saber.

Não tem muito pra contar, eu disse, balançando a cabeça.

Me conte mesmo assim. Acalme esse coração velho.

Minha mãe se aproximou da câmera, então eu só via metade do rosto dela, seus óculos refletindo o meu rosto na sua tela de volta para mim.

Acabei de chegar da biblioteca, eu disse. Terminei de escrever um trabalho sobre contos de fadas, sobre a vontade da Pequena Sereia de viver com as pessoas na terra. Para mim, não fica mais emocionante do que isso. Ainda estou flutuando, cheia de energia depois de ter pensado tanto.

Ela levantou uma sobrancelha.

Pois está bom, não me diga nada, ela disse.

Desculpe desapontar, eu disse. Mas não tenho mais nada de importante pra contar.

Minha vida não é nada como as notícias, tentei explicar, nada como o que você quer ouvir. Vou para a aula, faço meu trabalho, giro a manivela, dia após dia. Você não está perdendo nada, não estou escondendo nada de você. Tudo que faço é sentar e ler na biblioteca, comer barrinhas de cereal da máquina automática e conversar com pessoas exatamente como eu.

Ela balançou a cabeça.

Mas não tem como isso ser verdade, ela disse. Você está nos Estados Unidos, onde tudo que é interessante acontece. Você vive num filme agora, ela disse.

Então acho que é um filme bem chato.

O que mais eu tinha para te dizer? A chuva riscava as janelas. Encontrei uma formiga no parapeito da janela, rápida e viva, e a segurei entre o polegar e o indicador. No café da manhã, cada um dos meus amigos falava sobre a vida num país diferente, às vezes com dois pais e *au pairs*, e talvez não tivéssemos nada em comum além da nossa estrangeirice partilhada. Um rapaz me chamou a atenção certa noite, na luz baixa da biblioteca, já passada a hora de dormir, e eu sorri demais e falei muito rápido, mas então ele disse, Adoro seu sotaque, adoro como você pronuncia essa palavra, e nunca mais falei com ele de novo. Nada que valha a pena te ligar para contar, acredite. Não é novidade se faz parte da minha vida diária, pensei. E, por mais que me surpreendesse, esta era a minha vida.

E a ausência de notícia não é uma boa notícia? Nenhum

ataque cardíaco, nenhuma morte, nenhuma mãe doente com enxaqueca e insônia?

Mas e as notícias boas de verdade?, ela perguntou. Não tem como a gente ter um pouquinho?

Por fim, me lembrei de uma novidade, coisa pequena.

Comprei uma bicicleta usada, contei. Para ir à aula.

Não acho uma boa ideia. Não é seguro, ela disse. Lembra quando seu pai caiu de bicicleta? Você tinha quatro ou cinco anos. Agora ele tem que viver sem o dedão do pé.

Tá bom, vou me livrar dela, eu disse e ri, feliz que minha mãe não tivesse mudado nada.

Enquanto ríamos juntas, esqueci que morava com outras pessoas e me surpreendi quando ouvi uma batida suave na porta do meu quarto.

O que foi isso?, minha mãe perguntou, esticando o pescoço para tentar ver além da moldura.

Eu me levantei e abri a porta enquanto ela esperava dentro da tela, sem poder ver como eu era do lado de fora.

Sentei de novo.

Quem era que estava falando?, ela perguntou.

Só minha amiga Safia, perguntando se eu estava indo tomar café da manhã com ela. Mas não se preocupe, eu não vou. Prefiro ficar aqui com você.

Não, não estou falando da porta, ela disse. Estou falando de você, você soou diferente. Mal reconheci sua voz.

É mesmo, você nunca me escuta falar inglês.

Está vendo? Isso é novidade pra mim.

Eu queria tentar viver num filme adolescente americano para variar um pouco. Havia mundos inteiros no campus que eu ainda não conhecia: a estufa com plantas tropicais atrás do vidro o ano inteiro. A sauna com a placa de PLEASE NO SEX. A academia com o paredão de escalada. As festas que pareciam ser sempre o assunto na fila do refeitório.

Kayla, minha colega de apartamento com a tapeçaria na parede, sabia tudo sobre as festas. Certa noite, pus depressa uma meia-calça e um vestido e me juntei a ela em frente ao espelho grande do banheiro, na esperança de que acontecesse algo interessante, algo que valesse a pena relatar. Ela trouxe uma nécessaire com dezenas de tubos, bastões, lápis e potes. Tirei os óculos e a deixei passar blush nas minhas bochechas, espalhar corretivo numa espinha na minha testa e aplicar rímel nos meus cílios. Ajeitei de volta os óculos e encarei meu novo rosto, jovem e corado, pronto para minha vida nova.

Kayla riu dos nossos vizinhos fazendo tarefas de casa ou ligando para seus namorados antes de irem dormir às dez da noite numa quinta-feira, e eu ri junto, como se eu nunca ligasse para casa, como se aquilo não fosse necessário. Seguimos para uma das casas coloniais no fim da rua, branca com uma linda janelinha em meia-lua acima da porta da frente. Na sala, os sofás e o piano tinham sido empurrados contra as paredes para abrir espaço para uma pista de dança. Jogamos nossos casacos na pilha de parcas de pele falsa embaixo da escada. Kayla tirou um cantil de uísque Fireball de canela do bolso da calça e nos revezamos bebericando enquanto observávamos os alunos dançando despreocupados, cercados de móveis fora do lugar.

Os rostos que eu reconhecia das aulas pareciam mais jovens à noite, mais leves bebendo cerveja em copos descartáveis vermelhos, do que tomando café nas manhãs geladas. Pela janela, vi uma moça da minha aula de literatura vitoriana vomitando na neve. Um grupo de rapazes muito brancos fumava maconha na entrada. Os seguranças do campus passaram no seu carrinho de golfe e fingiram não nos ver, embora eu tenha me assustado e me escondido no corredor com os casacos por um momento, vai saber. Eu conhecia as regras de cor, do jeito que me foram recitadas tantas vezes: eu precisava manter um status de visto legal, e qualquer problema acadêmico ou disciplinar tinha chance de acabar em suspensão, expulsão, deportação. Eu não poderia mais voltar àquele país, à minha faculdade, ao meu futuro. Fechei os olhos e rezei para que nada acontecesse. Quando os abri de novo, Kayla estava ao meu lado. O que você está fazendo?, perguntou e riu. Ela me passou o cantil e tomei um gole grande. Depois tomei mais outro, e o álcool subiu direto à minha cabeça. De repente, meus medos não pareciam mais tão importantes. Devolvi o cantil e me senti agradecida de ter uma amiga ali comigo, me fazendo companhia e me dando bebida, garantindo que nenhuma de nós ficasse sozinha. De volta ao salão, os alunos dançavam com as mãos para cima. Safia e Najwa apareceram juntas na porta da frente, procurando por alguém conhecido, e eu gritei o nome delas. As duas correram até mim e nos abraçamos, mais forte do que eu esperava, felizes de ter nos encontrado no meio de todas aquelas pessoas, de ter nos encontrado aqui, na América.

 A música favorita de Kayla começou a tocar e ela passou a pular, balançando seus braços e os meus, depois puxou Safia e Najwa para um círculo que ficava cada vez maior à medida que mais pessoas se juntavam a nós. Lady Gaga cantou sobre como não importa se somos negros, brancos, bege, mexicanos ou asiáticos, e dançamos erguendo os punhos, batendo os pés, até que Kayla teve que correr lá fora para vomitar e todo mundo parou um pouco para beber uma água. Um grupo de colegas acenou para mim e eu fui dançar músicas que eles pareciam conhecer e apreciar, mas eu não, apesar de fingir que sim, e eu copiava os movimentos deles. Não precisamos de chave para entrar na festa, dizia uma das músicas, e isso me fez sorrir, embora nem sempre fosse verdade. Cantamos sobre como éramos jovens. Bebemos mais um pouco. Gritamos nos ouvidos uns dos outros. As janelas se embaçaram. Um rapaz da minha aula de filosofia disse algo que não consegui ouvir, mas que confiei que era engraçado e gentil. Balancei a cabeça e ri. Eu me aproximei um pouco dele para tentar ouvi-lo melhor. Tentei ler seus lábios. Ele me beijou durante uma música lenta e sua boca tinha gosto de fumaça. Olhei nos seus olhos para ver o que ele via em mim, mas eles não expressavam nada.

De manhã, todos nós parecíamos dez anos mais velhos. Minhas pernas pesavam e minha cabeça doía. A espinha na minha testa estava maior, mais inflamada, e as manchas de rímel debaixo dos meus olhos não queriam sair com sabonete. Safia me mandou uma mensagem dizendo que não ia para o café da manhã. Kayla, com seu cabelo oleoso escondido num gorro, acenou levemente quando passei por ela na sala. O rosto sério de um colega de classe virou uma careta enquanto ele falava sobre Yeats. A moça que vomitou na neve pediu desculpas por estar atrasada e se sentou sem olhar para ninguém. O garoto que me beijou se enfiou num banheiro quando me viu no corredor. Ninguém sorriu, ninguém falou comigo, eu não falei com ninguém. Tomei duas aspirinas do kit de primeiros socorros da minha mãe, bebi meu café e lhe mandei uma mensagem perguntando se ela queria conversar naquela noite. Eu não tinha nenhum outro plano.

Se minha mãe assistisse a esse filme, veria uma criança que se despede da mãe e vai brincar com outras crianças. Elas brincam e brincam e brincam e brincam. Depois se cansam de brincar. Alguém, qualquer pessoa, pode, por favor, vir nos buscar? Queremos ir pra casa, dizem no final.

Durante nossa ligação naquela noite, contei para a minha mãe que estava estudando mais referências culturais americanas. Tenho escutado as músicas da festa. Agora consigo cantar Katy Perry, Kesha, Beyoncé. Tenho assistido aos filmes deles. Tenho lido seus livros. Tenho jogado seus jogos. Estou ficando boa. Logo eu seria como eles.

Ela balançou a cabeça, os olhos e a testa ocupando toda a tela.

Ela disse, Às vezes tenho esses sonhos em que de alguma forma sei que você está com medo, e acordo desejando que você esteja segura e fazendo o que te faz feliz. É isso que te faz feliz?

Na biblioteca, sentada na escrivaninha escondida entre as estantes de literatura, revisitei minha vida antiga, me preparando para nossas conversas. Procurei por notícias de casa, pequenas tragédias em comum para discutirmos. Um incêndio aqui, um assalto ali. Entre hemisférios, continentes e línguas, estudamos os mesmos artigos, lamentamos as mesmas mortes.

Uma notícia no jornal local da minha cidade descrevia deslizamentos de terra, morros inteiros desaparecendo sobre uma pista. Em outra, o oceano destruiu o calçadão, deixando a cidade ainda menor. Uma árvore sob a qual me sentei uma vez foi engolida por completo. Meu banquinho favorito na praia, o lugar perfeito para ler um livro na sombra, estava debaixo d'água.

Vi no Facebook que minha prima Marlena conheceu um rapaz novo, viajou de férias, começou a dançar salsa. Gente que conheci no ensino médio agora parecia mais velha do que eu, posando com a família, seus filhos já passando dos joelhos, as fotos aparecendo ao lado de anúncios de ensaios clínicos de depressão, transferência internacional pela Western Union, um curso de administração on-line. Meu pai compartilhou um vídeo da

Elis Regina cantando um clássico da bossa nova, e fiquei surpresa ao vê-lo postando por ali, da mesma forma que eu sempre ficava surpresa quando ele se importava de aparecer na minha vida. Minha mãe postou uma foto da minha avó num jardim, sorrindo para uma flor e usando um chapéu de crochê, tirada pouco antes de ela morrer, um ano atrás. Então foi isto que minha avó foi fazer depois da morte: viver na internet.

Meu olho direito começou a tremer de passar tempo demais olhando para a tela. Fiz uma pausa, levei minhas coisas da escrivaninha pequena entre as estantes para a escrivaninha grande com o apontador. Pelas janelas de vidro, olhei para as montanhas e para os alunos atravessando o gramado ao longe. Todos pareciam minúsculos, andando velozes de um prédio a outro no frio, braços cruzados sobre o peito. Minha avó continuou brilhando no computador, cachos brancos e chapéu branco, me olhando da sua eternidade digital.

Naquela noite, minha mãe me perguntou se eu tinha visto as fotos da prima Marlena, se eu tinha lido sobre os deslizamentos, se eu tinha visto aquela foto da vovó.

Sim, respondi.

Mas ela descreveu tudo para mim mesmo assim, cada imagem, cada manchete, mesmo que eu já soubesse o que ela iria dizer.

E como vai a vida? Como está o trabalho? O que estou perdendo? Ela perguntava noite após noite.

Eu a deixava sempre por dentro de quem estava brigando com quem e sabia o quanto ela gostava disso. Minhas vizinhas estavam no meio de uma guerra fria subindo e descendo a temperatura do quarto, meus professores me disseram que eu era a única que vinha para reuniões extras depois da aula, Kayla estava bebendo demais, Safia tinha começado a fumar para ver se impulsionava sua vida social, apesar de eu não achar que estivesse funcionando.

Do seu lado, minha mãe me atualizava sobre as últimas tragédias nas novelas. Helena se apaixonou pelo patrão, um avião da Malásia desapareceu no ar, um aluno esfaqueou um professor numa escola pública em Recife, um edifício residencial feito com areia da praia desabou em Brasília. Uma menina foi sequestrada. Um homem perdeu a custódia do filho, depois atirou na criança, depois atirou em si mesmo.

Olha esse caos, ela disse.

Trocamos abraços virtuais, sopramos beijos uma para a outra, manchamos as telas do computador tentando alcançar uma à outra.

No filme da minha vida nos Estados Unidos, a versão que minha mãe gostava de assistir, uma jovem fica sozinha no seu quarto e liga para a mãe toda noite pelo computador. Estou indo até você, mãe, ela diz pela máquina. Enquanto isso, aqui vai algo para te distrair. Aqui vai algo para você se lembrar de mim.

Na cama, pensei na minha vida no computador, nos e-mails que ainda tinha que enviar, nos trabalhos que ainda precisava escrever. Estudei a sombra do galho de uma árvore se mexendo levemente no chão do meu quarto. Me virei e me revirei, amassei e afofei meu travesseiro, não conseguia ficar de olhos fechados. Meu olho direito ainda tremia. Pus uma mão sobre a pálpebra e a senti pulsar. Do lado de fora da minha janela, um grupo de veteranos fumava debaixo da árvore sem folhas, os cigarros queimando entre os dedos, a conversa baixinha como chuva que de algum modo não me botava para dormir.

Quando pisquei no escuro, uma imagem da minha mãe me veio à mente: como ela às vezes ficava parada na porta do

meu quarto quando não conseguia dormir, as luzes da sala brilhando atrás dela enquanto encarava a escuridão.
    Você está acordada?, ela sussurrava.
    Eu me mexia na cama, mas nunca respondia à pergunta, sua voz me levando a um sono ainda mais profundo.

    Ofereci à minha mãe longas descrições do tempo. Nuvens feito véu, granizo batendo na janela como aplauso disperso, vento cortante assobiando por uma árvore morta e já querida.
    Nenhuma outra notícia, eu disse a ela. Tudo velho. Só bastante trabalho, noites em claro na mesma escrivaninha.
    Você trabalha demais, ela disse.
    Cantamos a musiquinha que inventamos para a abertura do nosso programa, fomos nos intervalos comerciais fazer xixi e encher nossos copos de água, exercemos nossos papéis no noticiário.
    A previsão daquela noite: temperaturas amenas, ventos leves, céu limpo.

3.

Lá para o fim de outubro, apareceram cartazes por todo o campus nos lembrando de atrasar o relógio em uma hora no fim do horário de verão, apesar de eu nem saber que estávamos adiantados. Enquanto eu terminava meu dever de casa às duas da manhã num domingo, o relógio de repente marcou uma da manhã de novo e ganhei uma hora. Ganhei uma hora nos Estados Unidos, mas fui afastada ainda mais da minha mãe no Brasil, uma hora inteira somada à grande distância entre nós, uma hora inteira perdida. Agora, quando eu terminava o jantar no refeitório, minha mãe já estava na cama. De manhã, eu ainda estava dormindo quando ela saía para o trabalho. Nunca mais fazíamos as mesmas coisas ao mesmo tempo.

Havia começado um período de semanas de noites em claro e barras de cereal, os dias cada vez mais longos se esticando até os próximos, até que eu não sabia mais quantos deles tinham passado. De vez em quando eu voltava à realidade, exausta e confusa com o que tinha ocorrido no mundo na minha ausência. As árvores de bordo mudaram de cor, e turistas andavam pelo campus de camisa xadrez e colete acolchoado, tirando fotos da folhagem vermelha nas montanhas. Aconteceram desastres naturais, ataques terroristas, guerras, e tive que me acostumar com a ideia de que o mundo continuou mudando enquanto eu estava parada no tempo, me preocupando com livros antigos de Flaubert e Barthes.

De madrugada, Safia revisava meus textos enquanto eu revisava os dela, então nos parabenizávamos pelo trabalho bem--feito e dormíamos nos sofás da sala vinte e quatro horas, nossas páginas rabiscadas espalhadas pelo chão, as duas cansadas demais para andar pela neve da biblioteca até nossos quartos. Escrevia todos os meus trabalhos na biblioteca. Pegava café, bagels, maçãs e cenouras baby no refeitório e comia na biblioteca. Cochilava nas almofadas no chão da seção infantil da biblioteca. Toda a minha vida social acontecia entre as estantes da biblioteca. Eu tinha sonhado com essa vida, disse a mim mesma. Quando o período das provas finalmente acabou, eu não tinha mais nenhuma calcinha limpa, meus olhos tremiam e eu tinha comido tanta cenoura que minhas mãos estavam alaranjadas. Fazia duas semanas que eu não falava com a minha mãe — o maior tempo que passei sem ouvir a sua voz, sem ela me chamar de minha filha, meu amor, minha menina.

Quando enfim o recesso do meio do semestre chegou, dormi doze horas seguidas, tomei um banho, penteei o cabelo, passei fio dental, espalhei creme Nivea num pedaço seco da minha bochecha, pus uma camada espessa de pomada hidratante nos lábios e lentamente esfreguei loção por todo o meu corpo. Precisei da semana inteira para pôr a vida em ordem, recuperar o sono e me sentir como eu mesma de novo. Lavei a roupa, troquei os lençóis, varri o chão com uma vassoura do armário de limpeza, tirei as manchas da tela do computador. Tentei beber menos café e mais água. Pus as leituras atrasadas em dia e reciclei os rascunhos impressos dos meus trabalhos. Algumas vezes, não fiz nada. Pus música alta no computador e não me preocupei em usar fones. Cantarolei músicas brasileiras. Li apenas por prazer pela primeira vez desde que cheguei, um livro de poemas cheio de imagens de água, e não sonhei nenhuma vez.

Quando a semana terminou, finalmente consegui vender minha bicicleta, como tinha prometido à minha mãe. Andei nela uma última vez até a mesma loja onde a comprei de segunda mão, com o vento frio batendo nos cabelos e o sol brilhando às minhas costas. A certa altura, uma família de cervos correu ao meu lado entre as árvores à beira da estrada e eu abri a boca admirada. Eles eram rápidos, e troquei a marcha para uma mais fácil para conseguir acompanhá-los, os filhotes com manchinhas brancas nas costas saltando com elegância. Por um breve momento, corremos como um só, como se eu fosse parte do seu bando e não uma criatura estranha sobre rodas, até que eles me ultrapassaram e desapareceram entre as árvores, e eu nunca mais os vi. Fiquei um pouco triste de abandonar a bicicleta, e com ela minhas chances de explorar lugares além do campus, florestas, pontes cobertas e estradas de terra que não veria mais, embora também estivesse aliviada de ter uma coisa a menos para preocupar a minha mãe.

Quando liguei para ela para contar a notícia boa, o tipo de notícia que ela gostava, ela atendeu da sala com sua lista de perguntas: Está bem? Tem comido? Tem dormido?

Contei a ela que tinha devolvido a bicicleta à loja.

Ela soltou um suspiro de alívio, depois parou e levou a mão à boca.

Você não foi até lá de bicicleta, não é? É muito perigoso.

Não, não fui, menti.

Ela balançou a cabeça.

Está certo, ela disse. Bom. Eu estava preocupada com você.

Te liguei algumas vezes. Você desapareceu. Onde estava ontem? E antes de ontem? E antes de antes de ontem?

Eu disse algo sobre estar cansada e ocupada, e contei que memorizei um poema para recitar na aula, li dezenas de artigos acadêmicos sobre representação de órfãos na ficção e passei um fim de semana inteiro terminando um projeto de caligrafia, escrevendo a mesma palavra repetidas vezes num papel quadriculado com uma caneta-tinteiro.

Você estava sendo castigada por algum motivo?, ela perguntou.

E isso me fez rir.

E você?

Ela me contou que minha tia Janaina, uma prima que minha avó ajudou a criar, finalmente tinha feito sua cirurgia do joelho.

Estamos passando mais tempo juntas por esses dias, ela disse. Agora que ela não tem como sair correndo.

Que bom, eu disse.

Ela estava aqui mais cedo. Foi embora logo antes de você ligar.

Ela olhou para baixo e esfregou o pescoço com uma das mãos. A superfície da tela brilhava como um vidro.

Endireitei a tela do meu laptop e a observei se mexer por trás do brilho, por trás do reflexo do meu próprio rosto. Já era tarde lá, mais tarde do que onde eu estava, provavelmente já havia passado a hora do jantar.

Porque eu sentia falta dela e porque queria me sentir mais próxima depois do meu período de ausência, pensei em lhe perguntar algo inusitado.

Você quer tomar um drinque comigo?

Ela levantou uma sobrancelha.

Como assim? E você bebe agora? Quem é você e o que você fez com a minha filha?

Só um drinque, eu disse, cheia de ousadia inesperada.

Não sei, não, nem sei o que pensar.

Escuta, eu disse.

Estou escutando, ela disse.

A gente merece.

Pisquei para ela, que relaxou a sobrancelha, o resto do rosto.

Tudo bem, minha mãe disse. Vamos fingir que não sou sua mãe.

Ela se levantou e saiu da moldura. Ouvi o gelo tilintando suavemente no seu copo à distância, depois mais alto à medida que ela se aproximava do sofá.

O que é que vocês dizem aí?

Cheers. Ergui a pequena garrafa de uísque Jack Daniel's de mel que tinha surrupiado da festa que fui com Kayla havia algumas semanas.

Cheers.

Tomei um gole e olhei para ela, para nós, cada uma no seu respectivo retângulo na tela, com ternura.

Por um momento, as coisas pareciam normais e não deslocadas, próximas e não estranhas. Que alívio, pensei. Aquela era minha amiga e eu a conhecia. Falávamos a mesma língua, cantávamos as mesmas músicas, podíamos ler o rosto uma da outra. Eu podia relaxar do jeito que só fazia quando os sentimentos podiam continuar não ditos, quando eu podia falar à vontade sem precisar explicar o quanto importava.

Me conta alguma coisa boa da sua vida aí, eu pedi. Me conta alguma coisa incrível de verdade.

Ela parou por um momento, olhando para o teto com o seu copo na mão.

Tenho dormido melhor nos últimos tempos, ela disse. Só

tive enxaqueca duas vezes esta semana. Tenho colocado uma compressa quente nos olhos antes de dormir. Estou testando uma forma menos dolorosa de matar baratas. Ontem comi a polpa de um coco direto da casca com uma colher de chá. Acabou que aquela planta nem estava morrendo, no fim das contas. Pode até dar flor de novo, uma flor rosa linda, na nossa varanda.

Nós rimos. Bebemos.

O uísque queimou a minha garganta.

Posso te contar um segredo?, perguntei.

Claro que sim, ela disse.

Eu fui de bicicleta até a loja. Mas juro que não tinha perigo! Não tinha carro nenhum na estrada!

Ela riu.

Eu sabia!, ela disse.

Riu de novo, gostando de ser amiga e não mãe, de não ter que me dar nenhuma lição, de não ter que se preocupar.

E o que mais tem de bom por aí?, ela quis saber.

Outro dia vi um esquilo comendo uma barra de chocolate Snickers, eu disse. No refeitório, ninguém mais parece gostar de sorvete de chocolate com nozes, então nunca acaba. Minha amiga faz palavras cruzadas na hora do almoço e eu cochicho cada palavra no seu ouvido. Achei um par de meias tricotadas à mão de lã bem quentinha na pilha de objetos para doação do campus. No caminho para casa, para me distrair do frio, procuro por sons interessantes. Passos, cantos de pássaros, batimentos cardíacos. Quando ninguém está olhando, falo sozinha em português.

E fizemos isso várias outras vezes, lista após lista do que era bom nos nossos dias, conversando noite adentro.

Ela ergueu o copo, tilintando com o gelo derretendo. Seus dentes reluziram com o brilho da tela.

Adivinha quem finalmente abriu aquela garrafa?

Aquela da minha festa de despedida?

A mesma que ninguém nunca tomou.
Você está parecendo bem jovem, eu disse. Feliz.
Deve ser o uísque, ela disse.
Deixa eu tirar um *print screen* de você.
Ela levantou o copo para um brinde.
Pronto, eu disse, enviando a imagem. A saúde em pessoa.
E você ainda está indo ao cemitério? À igreja? Visitando seus primos?
Sim, tudo na mesma. Nada mudou.
Tá bom, tá bom.
Ela balançou a cabeça, pegou de novo o copo e tomou um gole.
Eu via que ela não estava com vontade de falar sobre coisas que pertenciam ao nosso passado juntas, enquanto estava ali sozinha com um copo de uísque pesando na mão.
Minha mãe se encostou no braço do sofá, a cabeça inclinada para um lado. Olhei para ela, depois para além dela, para o vazio da parede atrás dela. Nenhuma pintura, nenhuma foto de família, nada, apenas o mesmo vaso azul de sempre. Ela morava lá havia vinte anos, mas era como se tivesse acabado de se mudar.
E se você redecorasse o apartamento, mãe? O que faria para deixá-lo mais aconchegante?
Ela soltou uma risada.
Para quem? Para os meus muitos convidados?
Para você mesma, eu disse.
Minha mãe tomou outro gole e estalou os lábios. Um feixe de luz passou rapidamente pelo seu rosto, refratado pelo vidro.
O rosto dela estava grande no meio da tela, e o meu, pequeno, contido num canto. Mãe grande e filha pequena. Olhei para mim mesma, depois para ela, para como nossos rostos eram um pouco diferentes, mas também iguais. Os cabelos penteados para o mesmo lado, o meu prematuramente grisalho como acontecia

às vezes com as mulheres da nossa família, e o dela tingido de preto. As sobrancelhas sempre franzidas, o nariz, os lábios. Gêmeas fraternas olhando para o próprio rosto olhando para o próprio rosto. Nos duplicamos na tela.

Eu estava reparando, e talvez seja o álcool falando, mas nós somos de fato parecidas.

Somos irmãs!, ela disse.

Gêmeas!, eu gritei.

Qual é a palavra? Esqueci.

Que palavra?

A palavra que diz que somos duas e uma ao mesmo tempo, almas viajando juntas pelo tempo e o espaço. Algo cósmico, talvez? Como chama? O jeito que somos conectadas, além de ser mãe e filha?

Parentes que também escolheram ficar próximas?

E como você chamaria isso?

Amigas?

Almas gêmeas?

Ficamos ali mais um tempo, olhando uma para a outra, rostos iluminados, cheias de questionamentos.

Me diz. Como é mesmo viver assim?, ela perguntou. Sozinha nos Estados Unidos?

Balancei os ombros.

Eu me sinto inteligente aqui, sinto que meus pensamentos talvez tenham um propósito. Mas o resto é tudo igual. A vida ainda é difícil. Eu ainda sou eu.

Mas o resto não é tudo igual, ela disse, franzindo a testa. Nem mesmo a gente.

Você está certa, eu disse.

Eu não queria admitir, mas era verdade. O vazio do meu quarto novo depois de ter guardado todos os meus pertences em três gavetas, minha vontade de impressionar meus colegas de classe, minha vergonha ao praticar a pronúncia de palavras em inglês na frente do espelho — essas coisas tinham um efeito sobre mim. Os prédios muito brancos, os móveis de pinho e as pessoas do campus, tudo isso estava afetando o meu corpo, como eu me movimentava e ocupava um espaço. Eu agora arrastava os pés pela neve, não cantava mais no chuveiro para poupar meus vizinhos, dormia com um livro ao lado da minha cabeça no travesseiro, falava inglês como se tivesse falado sempre — coisas que não poderia ter feito na minha vida de antes. Qual seria a soma dessas pequenas mudanças? Em quem e no que eu estava me tornando, e com tanta facilidade? Havia algo de perturbador na minha normalidade, no quanto me sentia como se sempre tivesse pertencido àquele lugar, apesar do estrangeirismo que meus colegas e professores alegavam ver. Você é tão eloquente, tão inteligente, escreve tão bem, eles disseram, para quem não é falante nativa de inglês, como se eu fosse parabenizá-los pela perspicácia de encontrar o impostor entre eles. Eu pertencia a esta escola e a esta cidade, mas eles não podiam pertencer a mim. Me senti como uma criança de novo, sempre carregando comigo a sensação de que todos sabiam algo que eu nunca entenderia. Senti que nunca iria parar de antecipar minha própria chegada, de esperar pelo momento em que finalmente me sentiria em casa, sem questionamentos dos outros. Mas e quando isso enfim acontecesse, quem eu seria então?

Está pensando no quê?, minha mãe perguntou.

Olhei em volta do meu quarto, com vergonha, toquei os braços da cadeira, senti o chão com a sola dos pés, circulei com o dedo a mancha do copo de outra pessoa na minha escrivaninha.

Enquanto minha mãe esperava, pegou o elástico em volta do pulso e amarrou o cabelo, lentamente. Uma mecha não queria ficar no lugar e caiu sobre a sua testa. Ela a enfiou de volta, sorriu para mim, para a câmera.

Tomei um gole da minha garrafa, segurando-a com as duas mãos.

Estou pensando que estou ficando bêbada, eu disse. Nós duas estamos.

Aí falei algo como: Olha, mãe. Olha como eu sou sortuda. Oh, olha como estou bem.

Peguei um lenço de papel amassado do bolso da minha calça. Fechei os olhos e assoei o nariz. Quando os abri de novo, minha mãe tinha desaparecido.

Olhei para o sofá vazio, a parede vazia, o vaso azul no canto, a luz de um abajur o iluminando.

Mãe?, falei para ninguém. Cadê você?

Um momento depois, ela estava de volta ao seu lugar.

Estava tentando te dizer uma coisa, eu disse.

Só estou pegando meus comprimidos e mais uma bebida, meu amor. O quê? Você achou que eu tinha ido embora?

Ela bebericou o uísque, engoliu suas pílulas brancas, afastou o copo para algum lugar fora de vista.

Não vá embora assim sem dizer nada.

Ela pôs a palma das mãos no rosto e as tirou, uma vez, mais outra, suas mãos como uma janela.

Achou, ela disse. Achou.

Tentei sorrir para ela.

Sabe, eu ainda conseguia te escutar, mesmo que você não me visse.

Balancei a cabeça.

Sim, sim.

Assoei o nariz de novo e tomei mais um gole do meu uísque.

Eu estava te contando da minha vida aqui, eu disse.

Sim, eu estava ouvindo.

Você estava mesmo?

Não.

Ela riu e eu ri junto.

Voltamos a não falar sobre o que tinha mudado desde que fui embora, onde fomos parar.

Se cuide amanhã, quando acordar, eu disse a ela. Beba muita água. Saia para dar uma caminhada.

Eu não gosto de caminhar.

Eu sei, mas tente.

Ela mordeu o lábio.

E você também?, ela perguntou. Mãe e filha cuidando de si próprias, uma da outra?

Sim, prometo. Estou orgulhosa de você. Você parece bem, mãe.

E você também. Bem, realmente bem.

Ela tomou um último gole do seu drinque e esvaziou o copo.

Ela disse, Então, me diga, você está feliz mesmo?

Sim.

Está com saúde?

Sim.

Está tomando suas vitaminas?

Sim.

Está falando a verdade?

4.

A neve começou a empalidecer tudo lá fora e eu parei de sair, ficava o máximo que podia no meu quarto, sob camadas de lã. Safia e os outros alunos estrangeiros foram comer comida indiana na cidade para comemorar o fim do semestre, com a expectativa de uma festa com álcool depois num dos quartos. Eles estavam indo passar as férias de inverno em casa, ou visitando parentes ou amigos por perto. Eu não tinha dinheiro para ir a canto nenhum e não conhecia mais ninguém no país. Via pouco motivo de celebração e estava exausta demais para sair, desidratada demais para beber, sonolenta demais para puxar papo. Ficava sempre na caixa de leite sem eles, nunca ia muito longe.

O refeitório fechou. O balcão de circulação da biblioteca fechou. O centro recreativo com a sinuca fechou. Funcionários da manutenção ainda tiravam a neve das pistas, os zeladores ainda limpavam os banheiros, os guardas da segurança ainda se sentavam na sua cabine, embora não houvesse mais do que dez de nós espalhados pelo campus, a maioria alunos com quem eu nunca tinha falado, apenas ali, vendo a conta do gás aumentar.

Ao sair, alguns alunos tinham abandonado em caixas etiquetadas FREE roupas e comidas que não queriam mais nos cantos das salas comuns. Passei por cada casa vazia do campus com uma sacola, recolhendo pacotes de miojo, latas de tomate em conserva e sopa de creme de cogumelos, além de alguns cachecóis pouco usados, como um esquilo se preparando para o inverno.

Achei um pacote duplo de muffins ingleses, ainda fechado, e passei a comê-los no café da manhã, a meticulosamente preencher todas as suas bolhinhas e buraquinhos com manteiga e geleia. Eu me sentava numa poltrona na sala vazia e comia devagar, lambendo a geleia de morango dos dedos, ainda de pijama. Lia enquanto tomava nescafé com leite. Deixava a TV ligada como som ambiente, filmes antigos e propagandas de cruzeiros, o que lançava um brilho colorido nas paredes sem enfeites, verde, azul, um roxo trêmulo. Ligava a lareira elétrica e assistia ao fogo, ouvia os estalos da brasa brilhando vermelha, escutava o ranger do assoalho da casa, via pela janela as árvores mortas se balançando ao vento.

Para me exercitar, ia da poltrona para o sofá, do assento da janela para o degrau da calçada. Eu ia e vinha. Me sentia como Cachinhos Dourados experimentando móveis, às vezes muito grandes, outras muito pequenos, para chamar qualquer um de meu.

Para me distrair, inspecionei as gavetas da sala, os livros e jogos de tabuleiro nas prateleiras, depois as garrafas laranja de detergente de roupa Tide na lavanderia, com os nomes dos alunos escritos em caneta Pilot, e os frasquinhos de tônicos e cremes no armário do banheiro. Abri cada caixa, folheei cada livro, abri as tampas de cada potinho e cheirei seu conteúdo, e rapidamente mergulhei o dedo num vidro rosa de creme noturno no qual estava escrito PARIS e espalhei no meu rosto. Os cômodos da casa estavam tão vazios que eu sentia necessidade de ocupar todos eles ao mesmo tempo.

Fantasiei que encontraria coisas que não queriam ser encontradas: doença, vício, adultério. Não contaria a ninguém, mesmo se houvesse alguém para contar. Sairia da sala como se nunca tivesse visto nada, como se minha vida nunca tivesse cruzado a deles.

No fim das minhas excursões, apagava minha presença dos arredores com cuidado. Apanhava todo fio de cabelo perdido antes de sair de um cômodo. Aspirava cada migalha. Entrava e saía desses cômodos que não eram exatamente meus e por algum motivo ninguém me impedia.

À tarde, trabalhava nos correios do campus, onde via as pilhas de cartas crescerem, ainda seladas. Colocava os envelopes finos nos seus lugares. Separava entregas da Amazon, livros e revistas em papel kraft, pacotes em envelopes bolha, pesados com material escolar para o semestre seguinte, enviados como prioridade por pais carinhosos. Dubrowsky, Dunn, Dunton. Havia intimidade nisso, em assistir aos movimentos do campus, o ir e vir de correspondências, mesmo na ausência de todos. Os funcionários que ainda trabalhavam no campus pareciam mais relaxados, riam mais, me contavam de competições de líderes de torcida e aulas de *jazz dance* dos seus filhos.

Você deveria vir jantar lá em casa uma noite dessas, minha chefe nos correios disse uma vez enquanto recarregávamos as etiquetas da impressora térmica de postagem. Minha filha ia te adorar.

Eu balancei a cabeça, concordando. Adoraria.

Sou mãe solo, ela disse, somos só nós duas.

À noite, eu voltava para o meu quarto e lia até as páginas acabarem. Depois ligava para a minha mãe no Skype e ela atendia no primeiro toque. Sempre quando eu ligava nesses dias ela já estava lá, de tal modo que comecei a pensar no meu computador como um aquário de mãe. Eu saía, ia trabalhar, seguia o meu dia e quando voltava, lá estava ela, dentro do seu vidro, como se nunca tivesse saído.

E você está comendo direitinho?, ela perguntou. Saindo pra pegar um ar? Tomando cuidado? Tem lavado suas calcinhas no chuveiro, como te ensinei?

Ela se preocupava comigo sozinha no campus. Se preocupava comigo nos dias mortos do inverno. Se preocupava comigo morando tão longe, sozinha na América.

Ela assistiu a um filme sobre duas meninas largadas num colégio interno no interior de Nova York. A neve fez o campus parecer sombrio. Emma Roberts tinha olheiras azuladas debaixo dos olhos. Todo mundo morreu.

Não desça as escadas para o porão, ela disse. Evite corredores muito compridos. Não saia tarde da noite.

Quando ela ouviu no jornal que uma nevasca estava passando por Vermont, me mandou um e-mail perguntando se eu precisava de companhia. Uma amiga para admirar os trovões com você, ela escreveu.

Liguei para ela assim que acordei, antes de tomar café da manhã.

Nunca vi uma tempestade de neve, ela disse. Aproximou o rosto da tela. Cadê?

Você viu da outra vez que nevou, lembra? Você disse que era reconfortante.

Aquilo não foi nada, ela disse, com ares de entendida. Quero ver uma nevasca de verdade.

Já acabou, eu falei.

Mostrei minha janela. O céu estava branco como um papel, pedaços de gelo pendurados na moldura da janela como dentes desenhados por uma criança. A luz do sol inundou a câmera e por um momento meu canto da tela ficou todo branco. Reapareci como uma silhueta e então como eu mesma.

Me ligue da próxima vez que acontecer alguma coisa, ela disse. Enquanto ainda estiver acontecendo. Eu quero ver ao vivo.

Depois listou todos os fatos que sabia sobre tempestades.

Tempestades de areia em Marte, tempestades solares na Lua. Todas as tragédias da Terra. Alagamentos, tsunamis, terremotos. Falou até eu ter que dizer: Mãe, está ficando tarde. Tenho que me arrumar para o trabalho.

Na véspera de Natal, preparei um jantar mais especial do que o normal. Cozinhei miojo instantâneo e fritei um ovo, depois refoguei um pouco de aipo e repolho ainda bons que achei na geladeira lá embaixo, que meus vizinhos não tinham limpado antes de sair. Comi meu jantar com um copo d'água na minha escrivaninha enquanto lia um livro que comprei na feirinha da biblioteca, sobre uma mulher vivendo numa ilha. Deixei música de Natal tocando no fundo. Tentei me ocupar.

Quando era quase meia-noite no fuso horário dela, liguei para minha mãe. Ela atendeu mais uma vez ao primeiro toque, vestindo sua camiseta favorita, três velas acesas na mesinha ao lado do sofá.

Happy Christmas, ela disse em inglês. É assim que diz?

Feliz Natal, mãe.

Você está comemorando como?

Mostrei a ela minha tigela vazia e apontei para um pedaço perdido de macarrão com meu garfo.

Ela riu, e sua mão foi para fora da tela. Quando apareceu de novo, estava segurando uma tigela de miojo.

Eu te ensinei direitinho, ela falou. Melhor lanche da madrugada.

Levou o garfo à boca e sugou um fio de macarrão.

Lá fora, começou a chover granizo.

Você consegue ouvir? O barulho?

Fui até a janela com o meu computador e vi meu rosto e a tela brilhando refletidos na vidraça. Cacos de gelo atravessaram nossa imagem, cortando o ar.

Dei uma batidinha no vidro.

Você escuta isso?, perguntei enquanto dei outra batida. Faz um barulho assim.

Ela levantou as sobrancelhas.

Se afaste da janela, ela disse.

Eu ri.

Está tudo bem, mãe. É seguro.

Por favor.

Pressionei a palma da mão contra o vidro gelado e nada aconteceu.

Está vendo?, perguntei.

Fora do seu apartamento não tinha nada de interessante, ela disse.

Minha mãe esticou o pescoço para olhar o que aparecia na janela.

É, nada lá fora, ela disse. Todo mundo saiu da cidade para o feriado.

Botou a tigela na mesinha e soltou um longo suspiro.

Deixa eu te perguntar uma coisa, ela disse. Você já quis que sua mãe pudesse cuidar de você para sempre, até você morrer? Te dar banho de banheira, dar sopa de cenoura na boca com sua colher favorita, te enrolar com um cobertor macio enquanto você dorme, nunca mais te deixar sozinha?

Rá, eu disse. Rá.

Eu me levantei da escrivaninha e me sentei na cama, deixei minha cabeça descansar contra a parede.

Bem, eu já, ela disse. Sinto muita falta de ter uma mãe.

Ajustei o ângulo da tela do meu laptop e dei uma boa olhada

nela. Parecia pequena com suas roupas enormes, e não estava sorrindo.

Hoje particularmente? Ou o tempo todo?

Para sempre.

Ela olhou para baixo, mexeu com alguma coisa por um momento, talvez o cordão do seu short.

Encolheu os ombros, e reparei que seus olhos pareciam inchados.

Afofei o travesseiro às minhas costas. Este era o seu primeiro Natal sozinha, sem mãe e agora sem filha. Não tinha amarras, era uma mulher que podia ser quem quisesse e ir a qualquer lugar, sem ninguém que iria se importar. Não tinha mais quem cuidasse dela e eu também não tinha quem cuidasse de mim, mas de algum modo isso não parecia liberdade.

Sinto muito, mãe.

Já está tarde, ela disse. Passei o dia todo tentando aprender a tricotar um par de meias. Quem diria que é tão difícil?

Ela me mostrou o dedo indicador, um curativo em volta da ponta.

Está certo, eu disse. Boa noite, então.

Mas continuei de olho.

Ela se enrolou no sofá com o laptop na frente do seu rosto e fechou os olhos. Não me pediu para ficar com ela, não chorou. Só deitou lá.

Me deitei de lado também e deixei o computador à minha frente.

O que iria acontecer com ela se eu nunca mais voltasse para casa?, me perguntei, agora e todos os dias desde que cheguei.

Respirei fundo e me sentei de novo. Ela não se mexeu.

Você vai dormir, mãe.

Não, não vou.

Não se esqueça de apagar as velas.

Elas são para a sua avó.

Eu sei, mas você tem que apagá-las antes de dormir.

É isso que você vai fazer comigo um dia?

E ela riu, como se isso fosse uma piada.

Ela respirou fundo e se sentou também, depois se inclinou sobre a mesinha ao lado do sofá e soprou as velas. Apenas uma delas apagou primeiro, depois as outras duas.

Se você estivesse aqui, ela disse, a gente poderia visitar sua avó amanhã de manhã. Levar para ela as flores crescendo na varanda. Desejar uma boa manhã de Natal.

Depois me perguntou as mesmas coisas de novo. Me mostra onde você está. Me diz como está o clima. Me conta as novidades.

Mostrei para ela onde eu morava como se fosse a primeira vez. A escrivaninha de pinho. A única cadeira, bamba com um calço improvisado. Meu diário sobre a cômoda. A estante baixa cheia de fichários. A caneca de ágata na borda da janela. A toalha pendurada num gancho adesivo. O calendário mostrando estações que não tínhamos em casa.

Rezamos juntas, nossa única tradição de Natal. Fiz isso por ela, para ver se isso ajudaria a nos sentirmos mais próximas, então fiz por mim também.

Amém.

Fui até a cozinha lavar minha tigela e fazer uma xícara de chá de camomila com mel. Beberiquei o líquido quente enquanto andava para cima e para baixo pelos corredores escuros.

Quando voltei, minha mãe estava fora da tela. Mãe?, perguntei. Voltei.

Observei a imagem por um momento para ver se estava congelada.

Então vi sua mão, dentro da moldura, no canto inferior, na almofada do assento.

Mãe?, perguntei. Está fazendo o que aí?

A mão apertou o assento, pixelizada e magra.

Pensei nas suas dores de cabeça. Seu coração.

Havia detalhes que eu não podia entender. Ela estava sozinha, e eu também.

Antes de eu dizer qualquer coisa, de me fazer útil de alguma forma, ela mexeu os dedos. Um cotovelo começou a aparecer.

Estou bem, filha, ouvi sua voz dizer. Está tudo bem.

5.

O Natal, o Ano-Novo e o começo do novo semestre chegaram e passaram, eu sempre no Skype com a minha mãe. Ela se desequilibrava ao se levantar do sofá, seus ouvidos zumbiam, sua cabeça doía, seu coração disparava, sua tontura a deixava com enjoo. A terra se movia sob seus pés e seu corpo era incapaz de acompanhar. Ainda não sabíamos que nome dar a isso ou quanto tempo esses novos sintomas iriam durar.

Você passou por alguma mudança importante na sua vida recentemente?, os médicos perguntaram. Divórcio? Morte de um familiar? Mudança de residência?

Eles a afastaram do trabalho, receitaram pequenos comprimidos azuis do tamanho de um grão de arroz uma vez por dia.

Agora ela se deitava no seu sofá azul rodeada de copos vazios, papéis de bala, tigelas de cerâmica com um resto de sopa do dia anterior, perfeitamente imóvel, a cabeça recostada no braço do sofá, uma mão pendendo fora do assento e a outra cobrindo os olhos, como se fosse uma mulher numa pintura, como se estivesse pregada à parede vazia acima da sua cabeça.

Qual a duração de um voo de Vermont para Natal?, ela finalmente perguntou de dentro do seu quadro.

Segurei o computador no colo, meus dedos apertando as bordas metálicas, e olhei para sua pintura, mulher no divã.

A viagem toda, com as escalas, vinte e sete horas, eu disse.

E quanto custa?

Pesquisei passagens on-line, só de ida, saindo de Nova York. Olhei para o teto enquanto fiz as contas, multipliquei o valor por três e meio para converter para o real.

Deixe pra lá, ela disse antes que eu pudesse responder. A gente não teria condições de todo jeito.

Talvez em alguns meses, eu disse. Nas férias de verão.

Você deve estar cheia de dever de casa, ela disse. Melhor você ir.

Abaixou os braços e se virou para encarar a câmera na mesa de centro.

Preciso descansar um pouco, disse, toda vez que eu ligava para ela, dia após dia.

Os alunos tinham voltado ao campus e a caixa de leite estava cheia de sons, passos, risadas, portas batendo. Kayla enviou um e-mail para todo mundo da casa falando sobre a festa de boas-vindas. Os alunos penduraram balões e serpentinas no teto da sala e tiraram minha poltrona favorita do lugar para dar espaço a uma mesa de bebidas.

Safia passou no meu quarto assim que chegou, toda colorida, vestindo um moletom de estampa tie-dye e um esmalte azul elétrico descascando nas unhas. Ela me trouxe um presente da sua temporada em Nova York, um globo de neve embrulhado em papel de seda que carregou na mochila por vários dias.

Ela o sacudiu: uma tempestade de neve perfeita, pesada, contida.

Então o depositou nas minhas mãos.

Apesar que você já deve estar de saco cheio do inverno a essa altura.

Os flocos de neve pousaram na cidadezinha na minha mão, uma cidade só minha, totalmente sob meu controle. Sacudi de novo e assisti à neve cair até parar, encantada em pensar que existia um mundo tão seguro como aquele. Sem desconforto, sem surpresas, sem notícias ruins dentro do vidro. De repente, o inverno não parecia mais tão assustador — o maior dos presentes.

Coloquei o globo na minha mesa, ao lado da luminária azul e de uma foto que imprimi na biblioteca e colei na parede. Minha mãe em preto e branco, sua pele cinza, seus lábios pretos. Ela sorria timidamente, uma aluna do ensino médio e não uma mãe ainda, algo inconcebível para mim. Dei um passo para trás e olhei aquilo. Debaixo do holofote da minha luminária, lado a lado, minhas duas vidas.

Bebemos ao sucesso do começo do semestre, a ter se livrado dos nossos pais, a mais uma chance de aprender e se divertir. Falamos de livros sobre guerras que não entendíamos de autores cujos nomes não sabíamos pronunciar. Abrimos cadernos novos e nos decepcionamos quando nossos garranchos estragaram a primeira página. Bebemos, mesmo que isso nos fizesse vomitar.

Estávamos juntos agora. Eu fazia parte de um *nós* mais uma vez. Passava o dia ocupada com coisas como aulas de francês, aprendendo *le subjonctif*, lendo Baudelaire. Fazia anotações detalhadas, levantava a mão na aula, dizia coisas inteligentes na frente de todos. Meus colegas balançavam a cabeça, concordando comigo, e eu sentia algo como orgulho. Mas quando a professora virava as costas para escrever no quadro, só pensava na minha mãe, sozinha no seu sofá azul me procurando no Skype, meu status marcado como *ausente*, um círculo amarelo ao lado do meu nome.

Todos os dias, depois do jantar, ligava para ela e ela atendia do celular na cama, no escuro, seus olhos entreabertos, o brilho da tela como única fonte de luz.

Desculpa, eu estava dormindo, ela disse, embora eu nunca a tivesse visto dormir tanto ou tão cedo, minha mãe insone.

Ela desligava e eu ficava no meu quarto vazio, incapaz de deixá-la ir totalmente, incapaz de descansar, de ir para a cama e esquecer, pensando que ela iria cair quando não houvesse ninguém por perto para socorrê-la. Levava meu computador para a cama e deixava o Skype aberto, caso ela ligasse, uma estranha variação da nossa programação habitual.

Me diga como posso ajudar, finalmente perguntei uma noite, com esperança de que ela me deixasse resolver tudo, mesmo no seu atual estado. Parte de mim queria que ela tomasse logo a decisão por mim e me mandasse abandonar a faculdade, deixar meus novos amigos e os Estados Unidos, voltar para casa e cuidar dela, para que eu não precisasse mais me sentir culpada por tê-la deixado sozinha.

Vá viver a sua vida, ela disse em vez disso. É o melhor que você pode fazer.

Balancei a cabeça, confusa.

Mas você é a minha vida, eu disse.

Ela apoiou a cabeça com a mão, sua câmera mostrando muito do seu pescoço e pouco do rosto, a testa cortada. E ela sorriu para mim, pela primeira vez desde que as tonturas começaram.

Sua vida é aí, ela disse, apontando para a tela.

Perto do fim, minha mãe trocou as fraldas da minha avó, deu mingau de aveia para ela toda manhã, a conduziu de volta ao quarto quando ficava confusa de madrugada.

Eu nunca cozinhei nada para minha mãe. Nunca a banhei em água morna e passei uma esponja nas suas costas. Nunca enfiei uma colher dentro da sua boca. Nunca cuidei dela do jeito que ela cuidou de mim, do jeito que ela cuidou da própria mãe. Tive o privilégio de ter sido uma criança minha vida toda. Não fui mãe na adolescência. Pude fazer faculdade, a primeira da minha família. Pude ler, brincar, comer mingau que outra pessoa preparou para mim de manhã. Eu morava sozinha, lavava minha própria roupa, pagava minha própria conta de celular, bebia eventualmente, mas de algum modo permanecia criança.

Eu disse a mim mesma, se minha mãe não melhorar até o fim do verão, eu tomaria a decisão. Largaria tudo, minha bolsa integral e meus livros e a caixa de leite, e voltaria para casa para ser mãe dela.

Por enquanto, no meu dormitório, sentada na única cadeira ao lado da minha cama de solteiro, nesse mundinho feito só para um, pensei em pessoas da minha outra vida que poderiam me ajudar enquanto eu estava fora. Tia Janaina, que estava se recuperando da cirurgia no joelho, minha prima Marlena que estava viajando de lua de mel. Também havia meu pai, de quem eu não tinha notícias havia quase três anos, desde bem antes de eu me mudar, que não tinha nem se preocupado em se despedir quando viajei. Pensei que eu era o oposto dele: gostava de estar presente e não ausente, de conversar e não de silêncio, de viver em vários lugares ao mesmo tempo e não abandonar ninguém. Escrevi um e-mail para ele mesmo assim e o enviei depressa, antes que tivesse a chance de me arrepender, explicando que minha mãe estava sozinha e não muito bem, e pedindo que ele fosse até nossa casa, que me fizesse esse favor e fosse uma pessoa totalmente diferente dele por um momento.

Atravesse a cidade, espere que alguém abra o portão do prédio antigo para você, suba as escadas até o quarto andar, destranque a porta com a chave escondida atrás do crucifixo, sente-se ao lado dela, pegue na mão dela, olhe nos seus olhos, fale com ela com uma voz real, viva e confortante, com hálito morno, não saída pelo alto-falante do computador. Eu perguntei: Você pode fazer isso, pode me substituir desta vez? Você pode ser meu pai? Você pode ser o pai dela para mim, só por um dia? Sei que você não me conhece bem e que não se importa muito comigo, sua única filha, mas você a amou em algum momento, não? Você amou a vida que tiveram juntos? Você pode, por favor, ao menos visitar sua outra vida?

Era fevereiro e as tempestades de neve continuavam. Os alunos andavam pelo campus de shorts e moletons, ignorando a realidade, os casacos de inverno já guardados nas malas. Minhas botas estavam cheias de manchas do sal grosso usado para derreter o gelo. Safia e eu compramos uma garrafa de vinho barato no supermercado Hannaford e roubamos uma laranja do refeitório para fazer vinho quente. Ficamos na beira do fogão com nossas colheres de pau, nosso rosto acima da panela para sentir o aroma.

Pescamos as cascas de canela e o anis-estrelado com uma peneira e experimentamos um gole. Estava delicioso, tão doce que meus dentes doeram.

É como um abraço quentinho, Safia disse.

Minha mãe está doente, me surpreendi ao dizer em voz alta, do nada.

Ela pôs a mão no meu ombro, preocupada.

É alguma coisa muito séria?, ela perguntou.

Talvez eu tenha que ir para casa.
Ela tomou outro gole e depois assentiu.
Então ainda tem chance de você não ter que ir.

Num dia particularmente frio, enviei para minha mãe uma foto da neve caindo no campo de futebol em frente à minha janela, o que eu sabia que ela normalmente achava sereno, bonito até, mas desta vez ela achou assustador.
Você se sente como se estivesse sendo enterrada viva, andando lá fora?, ela perguntou durante a ligação daquela noite.
E eu disse que não, embora a verdade fosse que, às vezes, sim. Eu precisava sacudir uma camada de neve dos ombros e dos vincos do casaco antes de passar pela porta, as pernas pesadas, o queixo rígido, as mãos queimando.
Ela me disse para ficar em casa o máximo que pudesse e não sair do meu quarto até que ficasse quente de novo.
Daí ela balançou a cabeça.
Não, não escute as minhas besteiras.
Ela bocejou e então olhou além da minha imagem, para algo atrás da sua tela. Uma mecha do seu cabelo caiu sobre os olhos e ela não a afastou.
Você fez o que hoje?, perguntei. Alguma coisa divertida?
Deixa eu te mostrar, minha mãe disse.
Ela pegou uma caixa de madeira da mesinha ao lado e pôs diante de mim seus últimos projetos. As meias que tentava tricotar há semanas tinham crescido um pouco, mas estavam meio tortas.
A tensão está irregular, ela disse. Estou apertando a lã com muita força.
Daí ela me mostrou uma mãe pata e seus patinhos num lago

no seu livro de colorir para adultos, pássaros amarelos num lago branco como leite.

Vamos ver se termino algum dos dois, ela disse.

Depois bocejou de novo. Estava muito mais tarde lá do que onde eu estava, já depois da meia-noite, e a deixei ir para a cama.

Eu me perguntei como me ocupar, agora que estava sozinha. Os romances vitorianos que tinha que ler antes da aula estavam fechados na minha escrivaninha. Achei que era esforço demais me deslocar entre o Brasil e os Estados Unidos e depois para a Inglaterra no decorrer de um único dia.

A tela do computador escureceu e vi o reflexo do meu próprio rosto. Eu estava pálida e cansada, minha pele seca como um papel, como se estivesse coberta de giz. Me levantei e fui até a pia do banheiro no fim do corredor, joguei uma água fria no rosto, então vesti meu casaco, calcei as botas e saí para dar uma caminhada.

A neve parecia dourada sob as luzes amarelas dos postes, e cintilava. Desci um morro, subi outro, e cheguei ao campo de futebol iluminado apenas pela lua. Um vapor morno saía da minha boca, como uma nuvem. A neve era macia, mais macia do que eu esperava, não oferecia resistência nenhuma aos meus pés que pisavam fundo, e com cada passo fiquei enterrada até as canelas.

Do meio do campo, no escuro, conseguia ver o meu quarto no terceiro andar e os quartos dos meus vizinhos. Uma sombra passou por uma parede. Duas garotas riam juntas, jogando a cabeça para trás, sem som. No meu quarto, a janela emoldurava uma imagem perfeita de silêncio. O mundo inteiro ficou quieto por um momento para que eu pudesse ver esse quadro da minha vida.

Corri de volta para o meu quarto, deixando um rastro de neve no corredor, a água encharcando o carpete. Sentei na cama e tirei as botas. Do lado de fora da janela, o campo era um lugar real, um lugar por onde havia caminhado, não mais uma imagem estática numa moldura. Minhas pegadas no chão atravessavam o branco, uma pequena marca por onde passei.

Havia tanta coisa para amar nessa paisagem fria, mesmo que ela tivesse tentado me enterrar, e me deu vontade de ligar para casa e contar à minha mãe sobre cada monte macio de neve, cada árvore acenando com seus galhos.

Liguei para ela na manhã seguinte, assim que achei que já estaria acordada, mas seu rosto brilhava no escuro.

Estava dormindo?

A luz estava me dando dor de cabeça, ela disse, e levou a mão à testa.

Tudo lhe dava enxaqueca nesses dias. Ela perdia o equilíbrio, seus olhos tremiam, seus ouvidos tiniam. Para se proteger, ela tinha que viver num mundo sem cor, geralmente em silêncio, geralmente no escuro, gaze morna sobre os olhos.

Me ocorreu que talvez ela adorasse a caixa de leite e o campus. Os corredores acarpetados e a neve que abafavam todos os sons, a comida insossa do refeitório, a escuridão constante, a noite sempre transbordando nas manhãs muito curtas.

Eu contei isso a ela e ela disse, Imagina só? Se no momento em que chegasse lá e comesse sua comida e dormisse na sua cama e andasse por aí com suas roupas, de repente ficasse bem, fosse curada?

Contei a ela sobre minha caminhada até o campo de futebol.

Ela sorriu e disse: então você escuta, sim, o que eu digo.

Eu escuto, eu escuto.

Só não vá nessas caminhadas quando estiver escuro, ela falou. Você ouviu a história do aluno filipino que foi assassinado no estado de Nova York na semana passada? Não muito longe daí de você.

Eu ri, feliz que ela tinha voltado a ser tão claramente ela mesma.

Mesmo assim, continuei praticando sozinha longas caminhadas, para lugar nenhum em particular, até o fim do campus, por trás da biblioteca, pela floresta em volta do campo de futebol. Certa vez, escorreguei e caí na neve e me agarrei a uma árvore de bétula. Seu tronco era coberto de olhos amendoados perfeitos, bem abertos, me observando. A seiva vazava dos cantos em lágrimas pegajosas. Outras vezes, avistei pegadas na neve, corvos, coelhos, cervos, alces. Segui seus rastros, por arbustos, valas, estradas, até desaparecerem de repente.

Assisti a filmes ensolarados que se passavam na Califórnia, na Flórida, no Havaí. Pessoas loiras patinavam, surfavam, se apaixonavam, assistiam ao pôr do sol, pegavam um bronze.

Escutava música no meu computador. Ella Fitzgerald, Billie Holiday e um álbum calminho que dizia estimular o crescimento de plantas, embora eu não tivesse planta nenhuma. Às vezes eu tocava músicas do Top 40, fechava as persianas rolô e dançava.

Assistia a vídeos de mulheres muito brancas fazendo ioga em casa e esticava meu corpo em sincronia com os delas, respirava quando elas respiravam.

Assisti a uma lareira na internet por horas. A lenha soltava estalos perfeitos no silêncio do meu quarto, as cinzas flutuando.

Comi maçãs, amêndoas e laranjas que peguei no bufê de saladas do refeitório, derramei água fervendo sobre saquinhos de chá e os tomei com mel.

Li romances sobre amor, divórcio, doença, exílio, e às vezes me senti mais presente na vida dos personagens do que na minha própria, mesmo que em poucos dias esquecesse quase tudo sobre eles.

Deitei na cama, sentei na cadeira, andei no chão de madeira, usei camadas de roupas do armário. Estudei e escrevi redações. Olhei pela janela, a poeira se acumulando no parapeito, sempre aquele campo de futebol, sempre vazio. Ninguém nunca jogava nele.

Aí eu me lembrava que tinha que ligar para minha mãe, para ver como ela estava.

Não relaxe muito, não se divirta demais, disse a mim mesma.

Do nada, minha mãe me mandou um e-mail dizendo que tinha recebido o pacote que enviei no Natal, com vários meses de atraso, depois de eu até já ter me esquecido dele.

No Skype, ela me esperou com a caixa no colo para que abríssemos juntas.

Nem acredito que isso veio aí dos Estados Unidos, ela disse.

Ela virou a caixa em direção à tela para me mostrar a etiqueta de importação que eu tinha preenchido.

Olha, estou com a mão na sua letra, ela disse. Praticamente com a mão na sua mão.

Cortou o durex com a tesoura de cozinha e abriu o cartão que escrevi para ela, um cachorro marrom descendo um morro de neve.

Leia pra mim, eu disse.

Querida mãe, ela disse. Feliz Natal.

Mas aí não conseguiu ler o resto.

Sua letra mudou, ela disse. Mal reconheço.

Não escrevo mais com letra cursiva, eu disse. Faz tempo, desde que era criança,

É isso, ela disse. Está adulta agora. Não vejo mais a minha menininha.

Me mostre que eu leio pra você.

Ela pôs o cartão aberto na frente da câmera e eu tentei entender o que estava escrito, mas tudo que vi foi um borrão. Traços nítidos de um borrão.

Ela examinou o resto do conteúdo da caixa: uma garrafa de maple syrup, um saquinho de balas de menta, um xale azul.

Ela colocou o computador na mesinha de centro, se levantou e enrolou o xale nos ombros, balançando de um lado para o outro.

Macio como um abraço, ela disse. Um casulo.

Ela se abaixou e se deitou no sofá, enrolando todo o corpo com ele, o xale como um lençol, até o queixo.

Fica conversando comigo até eu dormir?

Fiz que sim com a cabeça, mas daí não consegui pensar em nada para dizer.

Então pensei em ler uma história para ela. Algo tranquilo, nada como as notícias.

Procurei por um livro em português no meu quarto, alguma coisa que as duas iriam entender, e só então percebi que não tinha nada. Todos os livros à minha volta estavam em inglês, todos os panfletos, revistas, folhetos. Até meus próprios diários.

Leia em inglês, então, ela disse. Não me importo. Só queria ouvir sua voz.

Ela fechou os olhos e ficou esperando, alisando a franja ao longo da borda do xale.

Peguei um dos romances vitorianos que estava estudando e o abri numa página aleatória. Contei a ela tudo que o livro falava sobre órfãos, fortunas, finais felizes.

Li pelo que pareceu uma vida inteira. Vinte e oito páginas de história.

De vez em quando ela acenava a cabeça, até que não se mexeu mais, as pálpebras já fechadas, a cabeça pesando sobre o ombro.

E o que eu podia fazer? Desligar na cara dela, da minha própria mãe?

Emudeci o microfone e a assisti dormir pelo resto da noite. Seus movimentos súbitos, seu rosto brilhando no escuro, o cabelo sobre os olhos. A agitação do seu sono.

6.

A faculdade voltou a dominar a minha vida mais uma vez, deixando pouco tempo para outras preocupações. Não tinha jeito. Eu estava fazendo horas extras nos correios para juntar dinheiro e escrevendo quase todos os meus trabalhos tarde da noite. Os livros eram longos e os dias, curtos. Do nada, o relógio passou das duas para as três da manhã por causa do horário de verão, e entrei em pânico quando percebi que teria menos tempo para terminar minhas tarefas para a manhã seguinte. Eu estava quase sempre terminando alguma tarefa, escrevendo um ensaio de vinte páginas, lendo um livro difícil, trabalhando num projeto complicado minutos antes de ter que entregá-lo. Eu trouxera comigo de casa um lápis marca-texto que eu apontava todo dia na biblioteca e usava para colorir trechos importantes nos meus livros, arrastando-o de um lado para o outro contra as páginas até atingir o tom de amarelo desejado. Logo o lápis mal chegava a ser grande o suficiente para eu segurá-lo, a maior parte aparada, os restos reunidos num saquinho que eu carregava na mochila. Liguei para minha mãe com o lápis fluorescente na mão enquanto fazia anotações, terminava de pintar as páginas daquele dia. Outras vezes, ligava enquanto arrumava minha escrivaninha, respondia aos e-mails de professores, conferia meu saldo bancário on-line. Não era certo, mas era melhor do que não ligar de jeito nenhum.

Você está prestando atenção?, ela perguntou enquanto eu digitava.

Sim, estou.

Não, não está.

Desculpa, eu disse, mais vezes do que gostaria.

Ela balançou a cabeça.

O que você está fazendo que é tão importante?

Deixa eu te mostrar uma coisa.

O quê?

Como tenho trabalhado duro, eu disse, e tirei o saquinho com as aparas de lápis da minha mochila, prova do meu esforço.

Uau, ela disse, embora olhasse para aquilo sem entusiasmo, nem um pouco impressionada com a minha produção acadêmica.

Não quero te distrair do seu trabalho, ela disse. Podemos conversar mais tarde.

Para compensar minha falta de foco, reservei para ela uma noite inteira de sexta-feira, sem e-mails ou marca-textos, para a gente conversar. Nada de livros, prometi. Fui direto para o meu quarto, andando pela neve, depois do jantar. Joguei as chaves sobre a escrivaninha, tirei o casaco e as meias úmidas e as estendi no aquecedor para secar. Arrastei um monte de roupas no chão para um canto, escondi uma pilha de papéis que precisavam da minha atenção, coisas que ela não veria pela câmera.

Me sentei na frente do computador e cliquei no telefoninho verde na tela. Ela estava sentada no sofá, mexendo em algo que não consegui identificar. Sua imagem estava fora de foco.

Oi, sumida, ela disse.

E aí, o que tem de novidade?, perguntei.
Nada de novo.
Está bem, eu disse. Coisas antigas servem. Esse tempo é para a gente. Vamos conversar.
Sobre o quê? O que você tem para falar?
Ela balançou a cabeça e seu rosto ficou ainda mais desfocado.
O que você quiser, eu disse.
Não tem muita coisa. Você, sua avó.
Me mexi na cadeira e olhei para ela, embora a imagem estivesse muito embaçada para eu vê-la claramente. Ela balançou a cabeça de novo.
Pare de me olhar desse jeito, ela disse.
De que jeito?
Desse jeito.
Ela tocou as têmporas com os dedos. Sua imagem finalmente entrou no foco e só então percebi que seus olhos estavam vidrados de lágrimas. Eu tinha certeza de que ela estava chorando. Sua voz a entregou.
Por que você não me diz o que está te preocupando?, eu disse.
Ela disse: É que não para de chover. Estou só pensando na minha mãe sozinha no cemitério, deitada entre os arbustos. Eu não deveria tê-la deixado sozinha. Eu não deveria tê-la abandonado. Eu não deveria ter esquecido de visitar o seu túmulo.
Ela disse: E se a água lavar seu túmulo ou encher seu corpo de líquido? E aí ela não estará mais lá. Ou ela estará lá, mas cheia de algo que não é ela.
Ela disse: É bobagem se preocupar tanto com o corpo?
E aí eu disse: O que mais a gente tem?
Pensei no corpo da vovó também, a única coisa que sobrou dela — além de um par de óculos, uma Bíblia, uma caixa de frisos —, e pensei na minha mãe de luto. Ela beijando a bochecha

da sua mãe no cemitério, e então beijando a bochecha de algo que não era sua mãe, só a bochecha de um corpo num caixão brilhoso.

A gente sempre vai ter nossas memórias juntas, eu disse, e senti vergonha por ter dito algo tão bobo, que oferecia tão pouco conforto.

Ela ficou calada por um momento, depois disse de repente: Ela tinha as mãos engelhadas como papel de seda amassado. E o cabelo. Ela tinha cabelo de criança, minha mãe, com aqueles cachos brancos. Leve como uma espuma.

Ela disse: Minha mãe esfregava creme de cânfora na minha testa quando eu tinha uma das minhas dores de cabeça, quando eu era criança. Eu ia brincar com as bonecas, e ela chegava perguntando, E aí, como está o corpinho? Eu não gostava, ficava aborrecida com ela. Eu sempre dizia, Por favor, pare de perguntar. A dor só piora quando você pergunta.

Minha mãe disse: No fim, ela esqueceu tudo. Esqueceu até que era minha mãe, imagine só. Ela me perguntou, Quem é você? Eu respondi, Você é minha mãe. Ela apertou minha mão e não soltou. Não, ela me disse. *Você* é minha mãe.

Aumentei o brilho da tela para vê-la com mais detalhe. Sua camiseta enorme tinha uma mancha marrom abaixo da gola. Seu cabelo estava oleoso e preso num rabo de cavalo com um pedaço de pano azul. Seu rosto brilhava no escuro, como se estivesse iluminado por uma vela. Sua pele estava marcada com cicatrizes de espinhas. Ela parecia cansada, e seu cansaço a fazia parecer jovem, vulnerável.

Ela tirou os óculos e esfregou os olhos.

Estou indo dormir, ela disse, levantando e acenando com uma mão, sua maneira de me dispensar.

Ela soava distante, cheia de eco. E não era normal ela querer parar de falar.

Eu quis mandá-la ficar. Balancei a cabeça e quase perguntei, Onde você pensa que vai, mãe? Você não pode ir embora assim, quando sabe que não tenho como te seguir.

Mas eu não disse nada. Era eu que havia ido embora primeiro, que tinha continuado me afastando para longe. Seu rosto era uma mancha; seus gestos, fracos e tardios. Ela ajeitou a camiseta e se sentou de novo mesmo assim.

Olhei para a minha janela embaçada. Uma música lenta tocava no fundo, do seu lado da tela. Algo americano, talvez. Não consegui reconhecer, nenhuma palavra fazia sentido.

E lá estava eu, olhando para a tela, que de repente parecia pequena demais, como um buraco de uma fechadura pelo qual eu podia espiar a minha própria casa, a seis mil e quinhentos quilômetros de distância.

Quando minha mãe sentia falta da nossa vida juntas, ela brincava que estava presa dentro da tela e eu, fora dela.

Um dia você vai passar por essa tela, ela disse uma vez. Daí você de repente vai estar aqui do meu lado, junto de mim. Vai ser como nos filmes.

Eu pensei sobre isso. Sobre como ela estava dentro e eu estava fora.

Daí ela disse, Pula! E ergueu os braços, como se fosse me segurar.

Rimos das nossas besteiras. Mas aí eu tive essa sensação — e era apenas uma sensação — de que eu conseguiria passar. Primeiro as unhas, os dedos, o pulso.

Fica mais um pouco, eu disse. Tenta pensar em outra coisa, se puder. Em alguma distração.

Ela pareceu pensar por um momento, depois fez que não com a cabeça.

Nada pode me distrair por muito tempo. Nada, ela disse, é maior do que isso.

Sua imagem congelou, a mão no queixo. Talvez agora ela estivesse cruzando os braços sobre o peito, se ajeitando no assento, passando a mão pelos cabelos. Como eu iria saber?

Para distraí-la, descrevi o que comi no café da manhã. Batatas com pimentão vermelho, ovos mexidos, panquecas. Uma xícara de café.

Já estou te imaginando, acho que a voz dela disse, de repente cortando.

Ou nos imaginando? Eu não tinha certeza.

Você, com toda essa comida, sozinha.

Me conta das novelas, tentei de novo. Por favor.

Ela relaxou os lábios apertados, só um pouquinho. Sua voz ressoou claramente mais uma vez.

O episódio de ontem terminou cheio de suspense. Helena conheceu um rapaz, um moço bacana de uma família pobre. Júlio. Um moço tão bacana, aquele.

E como está a mãe dela?

Bem, bem.

E a irmã dela?

Vai indo.

E assim foi ficando mais fácil. Falamos disso e daquilo: sobre o trabalho, suas rezas, a tempestade que se aproximava, o que ela fez para o almoço, tudo o que era normal e portanto pertencia às partes irrefutáveis da vida cotidiana.

E sobre morte.

O pouco que sabíamos vinha das notícias. Torso numa vala. Pedras na boca. Sangue na banheira.

Nada gradual, nada desaparecendo antes de chegar ao destino. Nada saindo do próprio corpo quando ninguém está olhando.

Ela disse, baixinho, Você acha que vou me acostumar com isso um dia? Com minha mãe estar morta? Minha única mãe.

Apesar de ela não ter dito nenhuma dessas palavras, não

exatamente, outra camada de distância entre nós. Ela disse algo mais, num português só dela, *my only mother*. Eu que a ouvia em inglês às vezes, essa língua que tomava conta de tudo, e a traduzia de volta para o português, suas palavras virando outra coisa na minha mente.

Vamos tentar começar de novo, eu disse. Você me liga daí do Brasil e eu atendo. O que você diz?

Como você está, minha filhinha? Como vai a vida?

Eu ri alto.

Você não é muito boa nisso, eu disse. Deixa eu tentar: Como vão as coisas, mãe?

Ela sorriu. E me disse que até que não estava tão ruim.

Não tão ruim, foi o que ela me disse. Acredite, você não está perdendo nada. Só mais um dia medíocre num lugar medíocre.

Eu apertei a sua mão, ou: apertei a minha mão vazia, imaginando que segurava a dela, e tive a sensação de que ela também, do lado de lá.

De repente, já estava tarde. O brilho sobrenatural da tela lembrava montanhas, oceanos, chuva, sol, vozes familiares que não tinham eco.

E como você está, minha filhinha? Como vai a vida?

7.

Quando eu já tinha começado a pensar que não iria mais acontecer, a neve finalmente deu lugar à chuva, o gelo começou a derreter, poças se formaram no campo de futebol. Ainda estava frio, mas molhado, úmido.

Assisti a filmes de Natal fora de época nos fins de semana em DVDs emprestados da biblioteca, tentando me manter aquecida. *Milagre na Rua 34, O Grinch, Um duende em Nova York*, debaixo das cobertas, o termostato ajustado para trinta graus no meu quarto. Em *Natal branco*, não há neve em Vermont até que enfim cai uma camada linda e espessa sobre a cidadezinha de Pine Tree, bem no fim. Em *Esqueceram de mim*, uma criança deseja que a sua família o deixe em paz, mas quando isso acontece, odeia ficar sozinho. Fiz pipoca no micro-ondas e fervi água para o chá, depois trouxe tudo para o meu quarto e comi e bebi na frente da tela. Me deitei na mesma cama, me sentei na mesma escrivaninha, pisei nas mesmas tábuas do assoalho, ouvi o mesmo chiado do aquecedor. Meu quarto estava quentinho, o colchão tinha se moldado ao formato do meu corpo e o fio do carregador estava sempre pronto ao lado da cama, mas logo me cansei disso.

Para variar um pouco, desci as escadas e liguei para minha mãe da cozinha vazia.

Ela atendeu no primeiro toque, depois de dois dias sem nos falarmos. Ela também estava sentada na mesa da sua cozinha, as mãos segurando o rosto. E estava sorrindo, parecendo mais acordada, toda arrumada com uma blusa de seda.

Você voltou!, eu gritei.

Voltei de onde?

Eu tenho te ligado, eu disse.

Ela fez que não com a cabeça.

Não deve ter tocado aqui.

Liguei várias vezes. Estava preocupada com você.

Ah, ela disse.

Ela levantou um dedo, como se tivesse acabado de ter uma ideia.

Deve ter sido enquanto eu estava no escritório. Eu voltei a trabalhar. Eu não te disse que voltei a trabalhar?

Acho que não.

Contei sim, ela disse. Você deve ter esquecido.

Acenei com a cabeça.

Talvez, eu disse. Então você está se sentindo melhor?

Sim, estou bem, ela disse. Me fale de você. Onde você está? Que lugar é este?

Estou em casa!, eu disse. Na cozinha da caixa de leite.

Levantei minha caneca para que ela visse que eu estava tomando chá.

Mostrei a ela os armários, a geladeira, a pia. Ela achou muito chique, tudo de inox.

É enorme, ela disse. Como é que eu nunca vi isso antes?

* * *

O que você fez hoje?, perguntei.

Nada. Mudei os móveis de lugar, fiz uma limpeza no guarda-roupa.

Bom, limpeza de primavera, como dizem aqui. Novos começos!

Aqui é outono.

Só não joga fora nenhuma das minhas coisas, por favor, eu disse.

Pode deixar, ela disse. Faz meses que não entro no seu quarto. Às vezes acho que se eu abrir a porta, ainda vou te encontrar lá, debruçada sobre a escrivaninha, lendo um livro.

Quer tentar agora e ver se funciona? Se você consegue me teletransportar para aí?

Ela riu.

Encontrei algumas fotos lindas da gente hoje de manhã, ela disse.

Ela apontou para a estante que eu sabia que ficava fora da moldura do computador, se ela não a tiver mudado de lugar. A mão dela saiu da tela e quando voltou segurava uma pilha de fotos.

Levantou uma delas para a câmera, a cabeça abaixada.

Você consegue ver?

Ela pôs o dedo no nosso rosto, a gente sorrindo com os macacões combinando, puxando as mangas uma da outra debaixo da palmeira da minha infância.

Você se lembra dessa?, ela perguntou.

A gente parecia tão feliz naquela época, cheias de vida. Eu queria me lembrar.

Não lembro, eu disse.

Ela largou a foto e fez que não com a cabeça, a franja oleosa cobrindo os olhos inchados.

Olha só pra gente, ela disse. Tão jovens. Eu tinha a idade que você tem agora. Lembra daquele dia? Lembra daquela camiseta? Lembra daquela árvore?

Ela me mostrou a próxima. Eu, sozinha, brincando com tinta azul e um pedaço de papel no chão da nossa sala. Ela segurou a foto contra o peito por um momento, o polegar na minha bochecha.

Ela disse, Eu lembro.

Tomamos chá de camomila nas nossas respectivas mesas da cozinha e continuamos conversando. Era o que nos restava, reviver as mesmas memórias, as mesmas tardes sentadas na varanda. Fazia meses que eu tinha ido embora e parecia anos.

Minha mãe se levantou, pegou a xícara e o bule e os colocou na pia. Lavou a xícara lentamente com o detergente azul, a água escorrendo pelas mãos.

Fiquei sentada ali, assistindo, segurando minha caneca. Tomei um gole do chá e já estava frio.

Minhas unhas cresceram e eu as cortei, cresceram e eu as cortei. Um dia acordei e tinha dois vincos ao redor da minha boca.

Eu perguntei, Como você tem dormido ultimamente?

Ela parecia cansada, embora eu não tenha dito isso a ela.

Tenho dormido bem, ela falou. Melhor do que antes. Passo o dia com sono. Mas aí, assim que minha cabeça bate no travesseiro, ela se enche de imagens, as coisas mais horríveis, minha mãe morrendo, todas as tragédias que vi no jornal. Me preocupo com o fim do mundo. Então chega uma hora que nada mais parece importar e finalmente deixo tudo para lá. Me preocupo até me cansar.

Realmente deve ser cansativo, eu disse. O mundo se acabando toda noite.

Peguei no sono no sofá ontem à noite, ela continuou. Agora estou com dor no pescoço. Mas dormi bem, fingindo que não estava indo dormir, longe da cama. Esse é o truque. Sem travesseiro para me preocupar.

E você tem tomado seu remédio de pressão?
Sim, claro.
E foi ao cardiologista?
Sim, sim. Não tem nada de errado com meu coração.
Tá bom, eu disse.
Estou bem, de verdade, estou bem.
Daí ela foi listando todos os efeitos colaterais do antidepressivo. Mais tonturas, dores de cabeça, prisão de ventre. Mas ela estava se sentindo melhor, me jurou, se ocupando, às vezes até se esquecendo de que tinha motivo para sofrer.

A luz da janela mudou atrás dela, ficou mais e mais fraca através das cortinas. De repente reparei em novas rugas na sua testa, duas linhas profundas entre as sobrancelhas, novos sinais de preocupação que eu não lembrava de ter visto antes. Eu quis estender a mão por dentro da tela e desenrugá-las para ela, fazê-las desaparecer, torná-la mais jovem, fazer com que ela nunca envelhecesse.

Ela me contou mais uma vez como organizou a sala de estar, mudou a moldura com a sua foto preferida da gente da janela para a parede oposta, pôs todos os seus livros em ordem alfabética, fez uma pilha de cobertores e vestidos velhos para doação. Me mostrou como ficou a sala, a pintura de uma paisagem pendurada acima do sofá, mais cheia de vida com a mudança. Fiquei lá com ela enquanto a luz desaparecia, até que nossos rostos brilhantes eram tudo que dava para ver no escuro. Observei o modo como inclinava a cabeça ou afastava uma mecha de cabelo do rosto e desejei que ela esquecesse que estava sendo observada para que eu pudesse presenciar um pouco da sua vida lá sem mim, a solidão dela subtraindo a minha. Era difícil dizer quem ocupava o tempo de quem, quem fazia companhia a quem. E quando acabava todo o assunto para falar, nenhuma das duas tinha coragem de desligar.

Ela se levantou e acendeu as luzes. Pôs o computador, comigo dentro dele, na mesa da cozinha, depois pegou a chaleira, ferveu mais água e se serviu de mais uma xícara de chá. Olhou para as próprias mãos e disse, Pois é, filha, é a vida.

Peguei um pacote de cream crackers e comi na frente do computador, as migalhas caindo no teclado, enquanto conversávamos sobre o gato do vizinho, as músicas do rádio, os assaltos à mão armada no centro da cidade. Nossa comida, nossos remédios para dormir, nossos respectivos climas.

E você está bem mesmo, mesmo quando eu não ligo?, perguntei. Mesmo quando eu ligo e você não atende?

Estou, ela disse. Eu nunca estou sozinha de verdade, você sempre está comigo. Sabe como é.

E eu sabia.

8.

Num sábado de manhã, depois do café, caminhei com Safia do refeitório até o fim do campus, saímos pelos portões e fomos para a cidade, andando pelos trilhos do trem, indo para nenhum lugar em particular.

Senti que a gente estava precisando de um ar, Safia disse. De sair e conversar como pessoas normais, não só alunas estrangeiras.

Eu concordei.

Estar fora do campus me fez pensar em como a faculdade, como muitas outras faculdades nos Estados Unidos, era isolada e fechada para o mundo de fora, uma vila autossegregada. Eu estava tão acostumada a estar lá, dentro dos seus limites, que às vezes esquecia que tinha como sair.

Havia nevado de novo, depois de semanas de calor e chuva. Lá fora, todas as superfícies estavam cobertas por uma camada espessa de branco. Tinha gelo nas árvores, já pingando. Passamos por casais com cachorros de botinhas, garçons fumando cigarros fora do café, sinos de vento balançando nas varandas.

Todo mundo estava na rua e a neve cintilava, um branco brilhante refletindo o sol, nada como o cinza desolado ao qual eu já estava acostumada.

Safia e eu falamos sobre livros, nossas séries de TV favoritas, nossos trabalhos no campus, nossos vizinhos barulhentos, nossos amigos. Ela estava planejando fazer uma pós-graduação depois disso tudo, me disse. Quem sabe um dia se tornasse professora numa universidade.

A gente poderia morar juntas em Nova York, ela disse. Alugar um apartamento em Manhattan enquanto eu estiver estudando na Columbia.

Arregalei os olhos.

Isso é um sim?, ela perguntou.

Eu ri e balancei a cabeça dizendo que não.

Eu nem sei para onde a gente está indo agora, imagina daqui a quatro anos.

Najwa também pode vir morar com a gente, ela brincou. Podemos adotar um gato. Fazer vários bolos. Organizar uma festa.

Apesar de tudo, eu imaginei a cena, nós sentadas juntas numa escada de incêndio em Nova York, um gato enrolado nos nossos pés, e por um momento achei que tinha um futuro neste lugar. Esqueci até da minha mãe, da vida que tinha no nosso país, e isso me assustou.

Esfreguei as mãos e suspirei. Dava para ver minha respiração, quão longe ela ia.

Chegamos ao lago e paramos na margem. Safia pisou na superfície até quebrar a fina camada de gelo. Apontou para o sapato molhado.

Olha só isso, ela disse. Tudo aqui é assim pra mim.

Assim como?

Como algo tirado de um sonho. Como algo que não é pra acontecer. Nada faz sentido.

Olhei para as árvores ao longe, sacudindo seus braços finos. E para o lago, terrivelmente parado.

É mágico, não é?, ela disse enquanto se juntava a mim.

Balancei a cabeça fazendo que sim. Começamos a andar de volta para o campus, caminhando lentamente até os dormitórios.

Eu conseguia ver essa magia, tentei explicar, mas também via como tudo ali era banal. Uma série de torneiras pingando em banheiros úmidos, meninas cantando nos chuveiros vizinhos ao meu, alarmes falsos de incêndio no meio da noite, pingentes de gelo por toda parte, como mamilos frios.

A vida aqui não é tão boa quanto os outros pensam, eu disse a ela.

Mas, enquanto falava, comecei a ver as coisas mais e mais parecidas com o jeito dela. Nós duas caminhando juntas na beira de um lago. Uma escola no topo de uma colina. Crianças, praticamente adolescentes, morando juntas numa casa. Isso também não era mágico?

Você tem que parar de notar as coisas erradas, ela me disse. Como a lua e as constelações parecem diferentes no hemisfério Norte, como se estivessem sendo vistas por um espelho. Pare de se concentrar no que falta, ela me disse. A mão morna da minha mãe, as dobras da sua pele macia, o gato do vizinho que deixou pelos no meu casaco só para eu achá-los meses depois. Nada disso tinha ido a lugar nenhum. Tudo ainda poderia ser real.

Eu sei, eu sei, ela disse. É difícil. Mas você tem que tentar.

Olhei para as minhas mãos.

Eu tinha que deixar o passado para lá. Nem imagino como.

Liguei para a minha mãe assim que cheguei ao quarto. Eu nem queria que ela atendesse naquela noite. Estava cansada depois do longo dia caminhando na neve. Mas eu precisava mostrar a ela o quanto eu lembrava.

Esta era a nossa rotina, àquela altura: eu ligava para ela pelo Skype e logo desejava estar em outro lugar. Ela listava os locais de cada erupção vulcânica ou acidente de avião daquele ano, e eu fazia o dever de casa, colocava pipocas no micro-ondas e depois comia.

Mas, dessa vez, ela não estava atendendo.

Eu me sentei na cama com o computador no colo, compreendendo que não era fácil chegar até a minha mãe do outro lado do continente, que nem sempre era garantido que ela estaria do outro lado. Tentei não imaginá-la caindo, com dor.

Bebi um gole d'água, olhei para o copo de vidro por um momento, coloquei-o no parapeito da janela.

Tentei mais uma vez.

Eu me olhei no retângulo pequeno no cantinho da tela enquanto esperava. Me inclinei para mais perto do computador, minha boca desproporcionalmente grande, meu nariz ocupando a maior parte da tela. Tocou e tocou. Esperei por uma resposta que não veio.

Em Natal, certos sons sempre me acalmaram: ovos chiando na frigideira, chuva batendo na janela, a TV falando no outro cômodo, passos abafados acima de nós — *nós*, eu e mais alguém.

Nesta vida, novos sons favoritos: o tinido do radiador, pneus nas britas da estrada que eu observava pela janela, outro tipo de chuva.

Abri minha janela para deixar entrar o barulho da tempestade, o cheiro de terra molhada. Um vento gelado soprou, puro e forte. Respirei fundo, meu rosto emoldurado pela janela, e olhei para as árvores além do campus. Então me levantei para guardar meu computador. Assim que peguei o computador e me virei, uma rajada de vento empurrou o copo d'água do parapeito da janela.

A água derramou na minha cama e no chão de madeira.

De início, tive vontade pegar o copo e jogá-lo pela janela, quebrar logo tudo o que era quebrável, me livrar de tudo que não se moldasse à forma que eu queria para os meus dias. Mas daí pensei: A vida é isso! O movimento repentino, aquele som raro, o tombo inesperado. O dia mudando, tomando rumo próprio. Eu conseguia lidar com isso. Estava pronta para mais.

O copo não quebrou. Eu me ajoelhei e o apanhei, bebi o pingo que restava e sequei a poça no chão com uma toalha de rosto. A chuva começou a cair na ponta do meu travesseiro e eu deixei.

Sequei o copo com a barra da camisa e o enchi de novo com água da torneira.

Pelo resto da noite, assisti à novela da minha mãe num site clandestino de streaming. Helena estava grávida de novo e esperava a confirmação da paternidade do bebê. Gostei da urgência dos seus apelos, do volume da sua família grande falando um por cima do outro. Foi fácil adormecer ao som das suas vozes, as costas apoiadas na parede do quarto.

Quando acordei, ainda não era manhã. Acendi uma luz e olhei em volta para as pilhas de roupa suja e os livros não lidos, e me senti mais cansada do que antes. Lentamente, fui limpando a bagunça, colocando todas as coisas que estavam fora do lugar de volta no cesto e nas gavetas e na prateleira.

Depois me sentei no chão com minha pilha de correspondência fechada. Quem demora tanto assim para abrir uma carta?, minha mãe teria perguntado. Quem espera até voltar para dentro de casa para abrir e ver o que é? Eu, bem aqui. A menina dos correios. Em casa de ferreiro, o espeto é de pau.

Cortei cada envelope com a tesoura e li uma por uma, do início ao fim. Anunciavam seguros para um carro que eu não tinha e assinaturas de revistas que eu não podia pagar. Joguei fora as cartas, que em todo caso não eram destinadas a alguém feito eu.

Limpei minha caixa de entrada de e-mail, excluí códigos de desconto expirados e boletins informativos não lidos, deitada na cama enquanto ouvia música. Entre e-mails antigos anunciando promoções do Presidents' Day, TVs, frigideiras, batedeiras, encontrei a resposta do meu pai ao meu e-mail de meses atrás, perdido na desarrumação. Cliquei no nome dele.

Não é a resposta que você quer, ele escreveu, e estava certo.

Sempre fui esquisito, ele disse. Nunca soube como ter gente na minha vida, nunca soube como chegar perto de ninguém. Pensar um no outro à distância não é o suficiente? Tenho que lhe dar minha mente, meu corpo, meu coração, todo o meu tempo? E que bem isso te faria, no fim das contas? Ter tanto assim de alguém como eu?

Eu morava sozinha, falava raramente, comia mal.

Minha vida no campus era simples. Ia de aula em aula, almoçava, depois comia sobremesa, em seguida café com meus amigos no refeitório que tinha cinco salões grandes, cada um deles num tom pastel diferente: rosa, amarelo, verde, azul, lilás, com lareiras combinando. Preferíamos a sala lilás, a menor, onde só alunos estrangeiros, alunos não brancos e professores faziam as refeições.

Depois do café, Najwa preenchia as palavras cruzadas do dia na mesa e nós ajudávamos.

Quem faz o papel de Wichita em *Zombieland*?

Emma Stone!, gritávamos.

Isso parece com o quê? E nos mostrava o que as palavras formavam.

Um estilingue, um diapasão, um osso da sorte!

Passávamos os dias comendo sopas de cenoura e sanduíches de atum, gritando nossas palavras, escrevendo nossos trabalhos.

Mãe, escrevi num e-mail. Você viu o episódio da novela de hoje? Não consigo acreditar que aquele homem é o pai do bebê da Helena. Me liga!

De madrugada, encostada contra a parede do meu quarto no escuro, observei o vento puxando cortinas de chuva lá fora. Faróis passaram pelo teto. Quando minha vizinha de cima chegou em casa bêbada, escutei os seus passos, como patas na grama macia, bem acima de mim. Assisti ao copo d'água na janela, cheio, como a água tremia.

9.

O ano letivo terminou antes que eu acabasse de ler os livros que precisava ler, aprendesse o que era para aprender, economizasse o suficiente para voltar para casa nas férias de verão, antes de me tornar a pessoa que queria ser. O gramado na frente do refeitório ficou coberto de margaridas. Safia tirou uma foto lá no meio, andando descalça na grama e colhendo flores, que depois coloquei numa garrafa de vidro de snapple cheia de água, embora soubesse que logo elas morreriam e eu teria que empacotar tudo e sair do meu quarto. Entreguei meus trabalhos, dormi fora de hora, preenchi formulários para solicitar auxílio financeiro para a moradia e as despesas de verão, enfiei minhas coisas na mala, embrulhei meu globo de neve com um jornal velho para que não quebrasse, joguei fora as aparas de lápis que estava guardando no saquinho.

Os outros alunos empilharam coisas que não queriam mais na sala comunal, mais uma vez as caixas de doações e as latas de lixo transbordaram. Quando ninguém estava olhando, Safia e eu ajudamos uma à outra a carregar impressoras, micro-ondas, chaleiras elétricas e capas acolchoadas de colchão para nossos quartos. Colocamos objetos pequenos em sacolas: um caderno Moleskine novo, creme dental praticamente novo, uma caixa de vitamina C efervescente quase cheia, alguns pacotes de macarrão em vários formatos chiques. Vi uma poltrona linda cor de pêssego debaixo de uma montanha de roupa e vibrei quando finalmente a desenterrei, grata pelo bom gosto e riqueza dos outros alunos, por eles terem tanto e abrirem mão de algo tão especial assim, por eu poder desfrutar um pouco das suas coisas especiais também.

Oito alunos estrangeiros estavam se formando e tirei fotos com cada um, eles de beca e eu de vestido combinando. Alguns dos seus pais me cumprimentaram em inglês, me perguntaram sobre minhas aulas, falaram sobre suas viagens. Um casal me contou das suas próprias experiências nos Estados Unidos como alunos estrangeiros, que desde então desejaram que seus filhos tivessem as mesmas oportunidades, que fossem morar em Nova York e virassem doutores e ficassem nos Estados Unidos para sempre. Outro casal ficou só reclamando que a cerimônia era longa demais. Eles mal podiam esperar para levar o filho de volta para casa, sair logo deste país onde diziam que eles tinham sotaque. Safia e eu éramos convidadas de Fang, outra aluna que às vezes estudava com a gente na sala vinte e quatro horas da biblioteca. Seus pais não puderam vir e ela não quis perder os ingressos para o jantar especial. Comemos salmão e tiramisu debaixo de uma tenda e rimos dos discursos melosos. Choramos quando a presidente entregou o diploma de Fang, seu nome dourado gravado na pasta de couro. Um quarteto de cordas tocava música clássica enquanto bebíamos sidra em taças. Seus pais mandaram uma mensagem de texto dizendo que conseguiram vê-la no *live stream*, atravessando o palco, e que ela estava linda de vestido azul.

Eles reconheceram o seu nome quando foi chamada, pronunciado daquela maneira diferente?, ela perguntou.
E eles disseram que sim, é claro. Nós te demos esse nome.

Naquela noite, quando todos os pais já estavam de volta aos seus quartos de hotel, os alunos deram festas por todo o campus para tentar secar as garrafas de bebida que não queriam levar nas malas. Do meu quarto, eu os ouvia rindo e gritando pelos corredores. A música estava tão alta que se tornara ininteligível, só o grave e palavras indistinguíveis. Pousei a mão na parede acima da minha escrivaninha e a senti pulsar como um coração, todo o campus vivo.
Então meu celular vibrou e tremeu contra a mesa.
Quando o peguei, ele brilhava com uma mensagem da minha mãe.
Quer conversar um pouco?, ela perguntou.
Desculpe, eu respondi. Ainda estou fazendo as malas. Podemos falar mais tarde?
Vesti um casaco por cima do pijama e segui a música até a sala, onde me servi, num copo descartável, de um pouco de uísque Fireball de canela da coleção de garrafas que ficava em cima da lareira. Na varanda lá fora, uma nuvem de fumaça envolvia um grupo de alunos que tinham acabado de passar ao terceiro ano sentados na grade, rindo e conversando, as pontas dos cigarros queimando no escuro. Uma moça que reconheci da minha aula de francês me perguntou se eu queria sentar e me deu espaço. Ela segurava um cigarro slim entre os dedos, e tinha uma sacola da Biblioteca Americana de Paris apoiada no seu coturno.
Eles estavam falando sobre seus planos para o verão, suas viagens e casas futuras, ela me disse.
Estou estagiando em Nova York, visitando a família na Suíça,

fazendo trabalho voluntário no Haiti, viajando pela Ásia, estudando no programa de verão de Harvard, fazendo pesquisa no Paraguai, disseram. Um deles me contou que estava indo para o Rio tirar fotos para uma nova série de retratos. Você conhece lá? E quando eu disse que não, ele tomou um gole da sua lata de cerveja e perguntou, Sério? Mas você é do Brasil, não?

Assenti, confusa.

Esses eram alunos que podiam fazer qualquer coisa e viajar para qualquer lugar, até mesmo para o Brasil e de volta para os Estados Unidos, e eu senti uma ponta de inveja que eles não precisassem escolher entre os dois.

A fumaça dos seus cigarros encheu meu nariz e a boca, e eu comecei a tossir.

Tomei um gole do meu uísque e minha garganta queimou. De repente, me senti bêbada e cansada demais para conversar, para falar a língua deles assim. Fiz um gesto em direção ao meu copo e entrei na casa, parando na fileira de garrafas para um refil. Em seguida fui até o quarto de Safia, no fim do corredor, e bati na porta.

Eu estava conversando com os alunos de literatura, falei para ela.

Eles te contaram dos planos incríveis deles para o verão?, ela perguntou. Encontrei nossa Resident Advisor mais cedo e ela me disse que ia fazer um curso de marionetes na Inglaterra.

Nós rimos.

Safia estava fazendo as malas antes do seu voo para casa de manhã cedo, as roupas espalhadas pelo chão, o cabelo preso num coque. Passei meu copo para ela, que rapidamente bebeu o resto, de olhos fechados. Limpou a boca com as costas da mão.

Você acha que meus pais ainda vão conseguir sentir o álcool no meu hálito depois de vinte e quatro horas?, ela perguntou.

Nós rimos um pouco mais.

Você está animada para vê-los?, perguntei.

Ela balançou a cabeça que sim.

Ontem à noite eu finalmente contei à minha mãe que tinha começado a fumar e ela disse que tudo bem. Não preciso parar de fumar do nada hoje à noite, ela disse. Mesmo que isso não tenha me ajudado a fazer nenhum novo amigo. Melhor desistir logo.

O semestre que vem vai ser melhor, eu disse. Podemos entrar para um clube.

Ou fundar o nosso próprio. The Lonely Girls' Club.

Lonely Hearts.

Only the Lonely.

Eu a ajudei a varrer o quarto, depois levamos seus livros e lençóis para o porão. De volta ao seu quarto, trocamos um abraço apertado, e dei uma boa olhada nela. Éramos quase da mesma altura, ambas tínhamos cabelos pretos e cacheados, o mesmo tom de pele. Muitas vezes as pessoas nos confundiam uma com a outra. Certo dia, um moço muito branco de óculos hipster me parou no meio do meu expediente nos correios e me chamou pelo nome dela. Não sou eu, eu disse. Mas ele insistiu. Eu te conheço! Ontem mesmo conversamos por um tempão, ele disse. Você falou que é do Paquistão. Você falou que estudou na Escola Secundária de Karachi. Você falou da goiabeira na sua casa. Eu lembro do seu rosto!, ele exclamou. Fiquei me perguntando o que ele tinha visto quando olhou para mim: traços étnicos indistinguíveis, cabelo genérico volumoso, sotaque. Mas agora, olhando para Safia de perto, meio que conseguia entender. Tínhamos algo em comum, alguma coisa nos nossos olhos. O mesmo tipo de fé.

Te vejo em setembro, ela disse e acenou com a mão.

Te vejo em setembro.

De volta ao meu quarto, pendurei o casaco na maçaneta e

me enfiei debaixo das cobertas para esperar pela manhã. Em poucas horas, eu me mudaria para uma casa colonial antiga com uma chaminé de tijolos vermelhos, onde morava uma professora de artes durante o ano letivo. Ela não tinha plantas, nem animais de estimação, nem filhos — era a casa que precisava de cuidados, zelo, atenção. Em troca de abrigo, meu trabalho era deixar as coisas intactas. O trabalho perfeito para mim, pensei, fazendo o que fazia de melhor. Era o emprego que eu precisava para sobreviver, embora só tenha dito a ela, falando sua língua, que *seria de imensa ajuda para alguém na minha posição*.

Quando a professora de artes me entrevistou e me mostrou a casa, vi dois frascos de xampu pela metade no banheiro. Uma jarra de água vazia no mármore da cozinha, um copo ao seu lado. Uma fileira de conchas no parapeito de uma janela. Um toquinho de lápis na borda de uma prateleira. Por toda parte, pedacinhos dela.

Agora eu olhava para o meu pijama, meus lençóis, minhas caixas, e tentei imaginá-los no casarão de madeira. Minhas pantufas surradas, o casaco que comprei num bazar Goodwill, meu computador pesado: parecia que esses itens não iriam pertencer àquele lugar. Mas logo conseguia ver aqueles objetos fazendo a casa chique ser mais acessível, falhas intencionais transformando o museu de uma estranha numa casa. Eu dentro dela.

10.

De manhã, finalmente levei minhas coisas para o porão: caixas de papelão com os fichários e cadernos do meu primeiro ano de estudos, minhas roupas de inverno, meu globo de neve, minha poltrona cor de pêssego, meu abajur azul já tão querido. Levei com cuidado as caixas pelos degraus estreitos no escuro, carregando nas mãos tudo o que tinha. No meu quarto vazio, sentada ao lado da minha mala e mochila, tomei um copo d'água e lanchei frutas secas e nozes que tinha pegado no refeitório no dia anterior, antes que ele fechasse de vez. Depois saí em direção à casa da professora, arrastando minha mala por caminhos de terra e gramados.

Na casa, procurei pela chave debaixo do tapete de entrada, que dizia WELCOME em letras grandes, embora estivesse de cabeça para baixo quando entrei, virado para a porta. Ainda assim me cumprimentava toda vez que eu saía para a rua, como se quisesse dizer que o mundo inteiro era meu. Que eu era bem-vinda em todo canto. Até naquela casa.

Levei minha mala para o quarto do sótão, um degrau de cada

vez. Guardei minhas roupas nas gavetas da cômoda. Coloquei meus livros na minha nova escrivaninha. Abri as cortinas de linho da minha nova janela, cortinas de verdade feitas de tecido. Tomei um longo banho no meu novo banheiro particular, silencioso e limpo. Escovei os dentes na minha própria pia pessoal, ainda enrolada na toalha. Andei pelo corredor e não encontrei nenhum estranho. Me deitei na cama de casal com seus seis travesseiros de vários tamanhos e deixei meu corpo aceitar sua maciez. Adormeci antes de resolver o que comeria no jantar, antes de avisar minha mãe que tinha chegado à minha nova casa, antes de decidir que iria adormecer.

Acordei no meio da noite, confusa sobre onde estava. O quarto estava frio e completamente escuro, exceto pela luz azul de um telefone de emergência do lado de fora, brilhando pela janela. Me levantei e vesti um suéter, quentinho e que pinicava, com buracos de traça numa das mangas. Fui para minha nova escrivaninha e me sentei sob o brilho de um abajur de cristal Tiffany, escrevendo qualquer bobagem no meu diário, lendo blogs brasileiros no computador, dando *scroll* nas notícias enquanto esperava a luz do dia aparecer. Meu estômago roncava. O tempo parecia passar de modo lento e denso, de tal forma que ainda era noite depois do que pareceram horas. Olhei além do laptop para a janela, ainda escura, exceto pelas formas detalhadas e coloridas do abajur e o reflexo do meu próprio rosto, meus traços borrados duplicados no vidro.

Apesar de ainda estar de madrugada, liguei para minha mãe no Skype. Ela atendeu logo depois do primeiro toque, completamente acordada, sem conseguir dormir também, flutuando dentro do seu aquário como nos velhos tempos.

Oi, ela disse, com o rosto granulado na tela azul.

Esperei que ela se mexesse, algum gesto que a fizesse parecer com ela mesma.

Ela sorriu e passou a mão pelo cabelo.
Por que você está acordada tão cedo?, perguntei.
Eu estava pensando em você e não consegui dormir, ela disse. Como vai você sozinha por aí? Eu me preocupo.
É lindo aqui, eu disse. Lindo. Vou ficar bem.
Bom, ela disse e soltou um suspiro. Ufa. Talvez até durma bem esta noite.
Bom, eu disse e sorri. Talvez até durma bem esta noite também.

Olhei em volta do quarto, para as pequenas rosas estampadas na colcha branca, para as vigas de madeira expostas acima de mim no teto inclinado, para as cortinas de linho quase transparentes, e contei para ela como era especial passar esse primeiro e talvez último verão nas montanhas, como os grilos cantavam, os vaga-lumes brilhavam, a neblina surgia.

Não está nem muito quente nem muito frio, eu disse a ela. Está o clima perfeito. E meu quarto — meu quarto é antigo do jeito certo, saído direto de um dos meus livros. Tenho várias coisas já planejadas, eu disse. Vou limpar, cozinhar, cuidar do jardim, ler, talvez nadar no lago. Eu disse tudo isso com tanta convicção que começou a soar como uma vida ideal cuidadosamente arquitetada, e não como um verão no campo improvisado por causa das circunstâncias.

Estou tão feliz por você, ela disse. Tão feliz que estou quase chorando.
Eu sorri. Também estou quase chorando de alívio.
Como vai você sozinha por aí?, perguntei.
Ela me mostrou seu armário organizado por cor, que ela passou o fim de semana inteiro arrumando. Ela me mostrou seu progresso no Duolingo, sua pronúncia melhorada de *horse*, *dog*, *cat*. Então o sol nasceu do lado de lá, e nós comemoramos. Sua espera tinha acabado.

Ela levou o computador para a varanda e se sentou ao sol, seus cílios quase brancos na claridade. Seu cabelo balançou ao vento, uma folha de palmeira roçou de leve seu ombro.

E como estão minhas plantas? Quem cresceu? Quem morreu?

Uma por uma, ela me mostrou todas as plantas nos seus vasinhos, algumas que eu conhecia bem e outras que nunca tinha visto. Um cacto tinha dobrado de tamanho. Uma samambaia foi replantada. Uma planta de hibisco tinha perdido todas as folhas.

O sol surgiu sobre as montanhas e aqueceu tudo que tocou. Fritei alguns ovos da caixa que encontrei na geladeira. Fiz uma caneca de nescafé e a levei para fora, para a cadeira estilo Adirondack no gramado, e li no sol, o mesmo livro sobre uma mulher presa numa ilha que eu havia começado a ler meses antes, e que finalmente tinha tempo de terminar. Tomei um gole de café e li meu livro até meu coração se acalmar e desacelerar ao ritmo da vida solitária daquela mulher na ilha, e então minha caneca ficou vazia.

De novo lá dentro, deixei meus olhos se ajustarem à escuridão. A luz do sol entrava pelas janelas grandes. As tábuas escuras do piso de madeira rangiam com o peso do meu corpo. O espelho antigo sobre a lareira mostrava uma sala manchada de pontinhos pretos. Passei os dedos pelo parapeito das janelas, as pesadas cortinas de veludo, o cotelê azul do sofá.

Eu já estava adorando brincar de casinha lá sozinha. Se eu quisesse tocar minhas músicas cafonas dos anos 80 e dançar, eu poderia. Se eu quisesse ler de pijama o dia todo e fazer um café da manhã brasileiro para comer no jantar, eu poderia. Se eu fosse o tipo de pessoa que organizasse jantares para dezenas de pessoas e tivesse pessoas para convidar, poderia fazer isso também. Poderia fazer qualquer coisa naquela casa, até fingir que sempre tinha morado lá.

Peguei meu computador e liguei de novo para minha mãe para mostrar a sala. Mostrei o tapete persa com fios dourados. Olha a porcelana e os cristais nos armários, está vendo o nível de detalhe? Ela achou tudo perfeito, tão refinado, olha essa vida perfeita que você tem, cheia de coisas lindas e brilhantes.

Me sentei no sofá macio e acenei. Estava agradecida por ter um lugar para passar o verão, agradecida por ter esse tempo numa casa de verdade, agradecida por ter mais do que precisava. Mais livros nas prateleiras do que jamais conseguiria ler, uma despensa com mais comida não perecível do que conseguiria comer, uma sala de jantar que nunca teria oportunidade de usar, uma sala de estar com uma lareira que não funcionava, uma suíte master à qual não tinha permissão de entrar, um porão com a porta trancada. Eu adorava ter tanto. Me senti feliz, confortável, segura: uma nova sensação. E isso fez eu me sentir culpada.

Minha mãe deu um sorriso triste do seu sofá.

Você nunca mais vai voltar pra casa depois disso, não é?, ela de repente perguntou. Para o nosso apartamentinho e nossa cidadezinha? Você finalmente se livrou de mim, sua mãe velha.

Olhei para minhas mãos apoiadas no teclado. Não parecia mais uma boa ideia ter mostrado a ela o quanto eu gostava dali, daquela outra casa, que parte de mim desejava poder ficar. Retiro tudo o que disse, eu queria dizer. Não era nada sério.

É verdade, não quero mais passar tempo com você, mãe. É por isso que te ligo de madrugada e converso até o sol nascer, eu disse.

Sim. E eu nem estava acordada sentada ao lado do telefone esperando você ligar.

Nós rimos, nos sentimos menos sozinhas por um breve momento.

Depois ela disse: mas sério, você não precisa mais de mim.

Mas eu preciso sim, eu preciso sim!

Para provar isso a ela, pedi que me ensinasse a fazer a canja de galinha da minha avó. Piquei cebolas, cenouras e batatas e moí o alho com ela no Skype, enquanto ela me observava para ver se eu estava fazendo certo.

Pedaços menores, ela orientou. Mais, ela disse, e eu acenei com a cabeça, seguindo suas instruções. Joguei tudo numa panela grande revestida de cerâmica com água fervendo e mexi com uma colher de pau até engrossar, bolhas de gordura flutuando na superfície. Um cubo de caldo de frango Maggi era o único ingrediente que faltava. Mas estava uma delícia de todo jeito, quase como se ela mesma tivesse feito. Despejei um pouco numa tigela e tomei enquanto conversávamos, soprando cada colherada para esfriar mais rápido. Depois me servi de uma segunda porção. Esta é para você, eu disse. Eu não estava comendo sozinha hoje.

Pedi que ela me ajudasse a criar um plano para os meus dias de verão: trabalhar nos correios, trinta minutos de espanhol, trinta minutos de francês, ler, caminhar, estudar o Merriam-Webster, cozinhar, lavar a louça, lavar a roupa, aspirar, espanar, cortar a grama.

Logo era outro dia, e outro, e outro, até que parei de contar quanto tempo havia passado. Acordei no meio da noite, de novo e de novo. Abri os olhos no escuro. O contorno de uma porta, uma luz noturna azul no formato do telefone de emergência do lado de fora. Ah, eu lembrava. Estou em casa.

No trabalho, eu limpava as gavetas da escrivaninha, reorganizava caixas de envelopes e separava as correspondências, enchia as caixas de correio com notícias ruins, boas e neutras.

Em casa, lavava roupa, regava os arbustos na frente da residência com uma mangueira, fazia macarrão e cuscuz instantâneo para o jantar, preparava sobremesas só para mim, bebia café na mesma caneca azul-escura. Na gaveta de talheres, encontrei um conjunto de copinhos de medida vermelhos da Betty Crocker que me lembravam das panelinhas de plástico que eu tinha quando era criança, quando brincava de casinha e esses objetos tinham um ar de maturidade e não o ar nostálgico de infância. Agora, quando media meia xícara de farinha ou uma xícara de arroz, parecia que eu estava brincando, preparando tortinhas de lama para convidados invisíveis. Aqueles copinhos vermelhos, de todas as coisas, fizeram com que eu me sentisse como eu mesma naquela cozinha — um regresso ao passado nas minhas mãos. Fiz a canja da minha avó várias vezes, as omeletes da minha mãe com tomate e pimentão verde. Assei bolos, pães, biscoitos, *scones*, e os comi enquanto ainda estavam quentes.

Nada a relatar, minha mãe disse, nenhuma novidade, dia após dia. Ela estava feliz e eu também. Ela estava se sentindo melhor, estava trabalhando e eu aproveitando a minha casa nova, e agora que estávamos saudáveis e confortáveis, tínhamos bem menos coisas para conversar.

Não é triste, isso?, perguntei a ela um dia, no meio do verão. Quando finalmente coisas boas estão acontecendo, não sabemos como falar delas, não do jeito que sabemos falar dos desastres.

A gente também fala de coisas boas, ela disse. Me fala de novo dos doces que você tem feito. Me fala daquele livro.

Mas aí, no meio da minha descrição de uma massa folhada perfeita, ela se lembrava mais uma vez de uma desgraça qualquer.

O vizinho que foi preso, os protestos no centro da cidade, o último tiroteio.

Ah, mãe.

O quê?

Você não consegue parar!, eu disse.

Balancei a cabeça, ri das suas inclinações mórbidas.

Mas tem tanta tragédia! Está sempre bem na nossa cara e gritando! Está sempre se repetindo!

Eu sei, eu sei, eu disse.

A infelicidade exige mais da nossa atenção do que a felicidade, decidimos, nos faz apreciar os dias calmos e lentos.

Olhei pela janela e observei o vento agitar as árvores lá fora, um pássaro ou outro.

Eu não tinha certeza de quando teria uma vida tranquila e confortável como essa de novo, nem por quanto tempo conseguiria sustentá-la. Eu a saboreei. Torci para que durasse para sempre, esse tédio.

Cuidando dos arbustos certa manhã, com a água fria batendo no caminho quente de pedras, me vi desejando mais desta vida no silêncio deste país. Queria ver as mesmas árvores crescerem ao meu redor, estação após estação, poder compartilhar da sua serenidade e rotina. Me ocorreu que um dia eu também poderia ter uma casa como esta, que poderia ter um diploma dos Estados Unidos, conseguir um bom emprego em algum escritório disposto a me dar um visto de trabalho, talvez com a ajuda do Departamento de Assistência Profissional, e viver uma vida perfeitamente normal na minha casa nova, não marcada pela que deixei para trás.

No YouTube, outros alunos estrangeiros disseram que era possível. Eles tinham feito, conseguido empregos e autorizações de trabalho e novos vistos e novas vidas. No Reddit, me redirecionaram para um site que listava empresas que já haviam patrocinado estrangeiros. Bibliotecas, ONGs, universidades, multinacionais. A lista era mais longa do que eu esperava. Eu a salvei para depois.

Naveguei por várias listas de casas em leilão, mansões abandonadas, lindas carcaças acolhedoras esperando para serem reformadas. Ah, como eu queria viver permanentemente numa casa antiga como aquelas. Uma casa que estava lá antes de mim e que permaneceria por muito tempo depois, construída num terreno estável, sem deslizamentos de terra, sem inundações, sem um oceano prestes a engoli-la. Poder descolar o papel de parede desbotado, andar para cima e para baixo com a mão no corrimão, trazê-la de volta à vida. Por quinze mil dólares eu poderia ter uma mansão caindo aos pedaços no estado de Nova York. Por menos, poderia ter um lar em Indiana.

Só tinha cento e nove dólares na minha conta, mas conseguia me imaginar num lugar como aquele, um lugar só meu, algo que eu não poderia ter feito antes — antes de sair de casa, antes da faculdade, antes deste verão, antes deste lugar ter começado a me afetar com seu brilho promissor.

Tive vontade de ligar para minha mãe e mostrar a ela que de algum modo terminaria bem e segura — olha essas casas, veja quanta esperança tenho para o futuro, quanta esperança tenho para minha vida neste país, apesar de tudo. Mas há certas coisas que é mais sensato guardar para si, certos tipos de felicidade que vale a pena proteger, mesmo dos mais queridos.

Passei o mouse sobre o botão verde do Skype, mas não cliquei nele. Não cliquei e ela também não veio até mim. Fiquei olhando para a tela do computador por bastante tempo, tentando processar a estranheza daquilo. Aquele tanque vazio, sem mãe, o vidro brilhando.

11.

Os pássaros cantaram a noite toda, me deixaram acordada, me trouxeram alegria, daí raiva, daí cansaço e daí alegria de novo. Fiquei deitada na cama, o cobertor branco se tornando azulado sob a luz do telefone de emergência. Existe pássaro que canta à noite?, perguntei ao meu telefone, outra luz azul brilhando sobre mim. Existe, disse, embora meu corpo não conseguisse aceitar isso, e por toda aquela noite me senti como se estivesse presa numa estranha manhã escura.

Logo o sol nasceu e os pássaros pararam. Dormi a maior parte do dia, uma camiseta cobrindo os meus olhos para bloquear a luz. Quando anoiteceu de novo, os pássaros retomaram o coro e mais uma vez fiquei acordada. Assim passou uma longa semana.

Achava mensagens da minha mãe no meu celular quando acordava, quando já era tarde para ligar a ela de volta. Só espero que você não seja como seu pai e desapareça. Eu respondi, Estou bem aqui, não fui a lugar nenhum, apenas recuperando o sono perdido. E você?

Eu não disse nada sobre os pássaros. Ela teria perguntado: Não tem como você ignorá-los? Você não pode usar protetores de ouvido? Não pode tentar esquecer que eles estão lá?

Eu teria que explicar que na verdade gostava deles, mas não sabia como poderia convencê-la. Gostava do seu efeito sobre mim, que me faziam sentar sozinha e passar a noite toda em claro, folheando livros de arte que encontrava nas prateleiras, ouvindo sinfonias clássicas no rádio, assistindo a filmes mudos no escuro, que desfrutava sem que jamais me ocorresse que havia alguma coisa mais importante que eu deveria estar fazendo. Era um tipo especial de liberdade que eu só experienciava quando confiava que o resto do mundo estava dormindo, quando não tinha mais ninguém para me ver vivendo.

Depois de algumas semanas de noites em claro, reparei uma manhã antes de dormir que tinha parado de prestar atenção nos pássaros. Tinha me acostumado com eles, do jeito que eu sempre acabava me acostumando com tudo, incorporando-os à minha rotina até que se tornassem detalhes permanentes da minha vida. O que me mantinha acordada agora era o hábito, não a necessidade.

A essa altura, o verão estava quase acabando. Eu já tinha começado a me preparar para o segundo ano de faculdade e de algum modo parecia que eu havia tomado essa decisão sem nem perceber. Segui em frente e encomendei metade dos meus livros para as disciplinas novas e baixei ilegalmente a outra metade como PDFs. Peguei emprestados da biblioteca alguns romances longos para ler com antecedência, antes de ficar muito ocupada e acabar nunca os lendo. Comecei a dormir cada vez mais cedo, para estar alerta para a sociedade durante o dia quando as aulas começassem.

Eu disse à minha mãe, Agora que finalmente me acostumei com esta casa, é hora de ir embora.

Uma casa linda, ela disse. Uma pena.

Eu consigo me ver morando aqui, eu disse. Consigo me ver me tornando a pessoa que quero ser, uma mulher independente que não liga para a mãe no meio da noite, talvez.

Rá rá, ela disse, e sorriu no escuro, seu rosto brilhando com a luz da tela. E para quem essa pessoa ligaria?

Para ninguém, falei no microfone. Para ninguém.

Mas a gente sempre precisa de alguém do outro lado da linha, não? Uma voz morna para nos fazer dormir e também para nos manter acordados. Os pássaros piando, o rádio, os livros.

Então o som de algo quebrando passou pelos alto-falantes e trouxe minha atenção de volta para a tela. Minha mãe deu um pulo e levou a mão ao coração.

O que aconteceu?, perguntei.

Ela olhou para mim por um momento, agora com as duas mãos no peito.

O que aconteceu?, eu perguntei de novo. Por favor, me responda!

Nada, só derrubei um copo, ela disse. Me distraí por um segundo e aconteceu isso. Agora vou ter que limpar.

Jesus, eu disse.

Está tudo bem, ela disse. Não precisa se preocupar. Me deixe cuidar disso. Já, já vai ficar como se nada tivesse acontecido.

Ela desapareceu na cozinha e voltou com uma pá e uma vassourinha, se agachando para recolher os cacos. De vez em quando, o topo da sua cabeça aparecia na tela, então toda a sua cabeça surgia e ela sorria.

Quase lá!, ela gritou e riu alto.

Ela se levantou e levou embora a pá de lixo. Daí voltou e

começou a me fazer perguntas sobre a mudança, como se nada tivesse nos interrompido.

Você vai embora quando? Está feliz que as férias estão quase acabando? Está com frio? Você parece que está com frio. Relaxe os braços.

Descruzei os braços e ela acenou com a cabeça, aprovando.

Enchi mais uma vez minha mala pequena com meus livros, minhas roupas, meus diários. Limpei a bancada da cozinha, a geladeira, a pia do banheiro, apaguei aos poucos qualquer vestígio do meu verão, até que parecesse que eu nunca tinha passado por aquela casa, como se nunca tivesse pertencido àquele lugar, o que era a minha missão desde o começo.

No fim, a casa parecia tão limpa, sem nenhum sinal de vida, sem nenhum sinal de mim, que me senti como uma intrusa. Senti a necessidade de adicionar um pouco da minha presença de novo. Escrevi um bilhete para a professora que estava prestes a voltar e colei na geladeira de inox, prova de que eu era real, com um vislumbre de esperança de que algum dia ela me convidaria para voltar. Debaixo de uma *smiley face*, escrevi, *Obrigada por abrir suas portas para mim. Espero que tenha feito boa viagem!* E assim, de repente, a casa parecia um lar onde eu era uma convidada de verdade, e não uma propriedade no campo de uma americana que de alguma forma eu tinha invadido.

Tudo que me restava era aproveitar meu último dia naquele lugar, estar presente naquela versão de mim mesma antes de ter que partir para a outra parte do campus. Nada de ligações no Skype, nada de telefone, nada de e-mail, disse a mim mesma. Só uma criança brincando de ser adulta numa casa enorme. Com seus pássaros, seus doces, seus livros. Brincando sem supervisão.

Liguei a estação de rádio dos anos 80. Preparei um bolo de

chocolate com os copinhos de medida vermelhos e o coloquei no forno antigo com o mostrador manual. Tomei um banho quente e mergulhei no azul da luz de emergência enquanto me secava. Sentei no sofá só de calcinha e comi cobertura de brigadeiro demais com uma colher de plástico rosa. Derrubei granulados coloridos no chão e passei os dedos por baixo da mesa e da geladeira para apanhá-los todos.

Enquanto comia bolo só de calcinha na casa de outra pessoa, fiz mais planos. Pensei em mais um começo, mais uma vida nova, uma em que eu seria melhor, mais leve, mais inteligente, mais amigável, popular. Disse a mim mesma que faria amigos, estudaria mais, falaria mais, me sentiria confortável na cadeira cor de pêssego que deixei no porão, iria para reuniões do clube Only the Lonely até não precisar mais dele. Me reinventaria na América e tudo o mais, até que me encontrasse numa versão do campus onde seria uma aluna excelente e bem ajustada, focada no futuro. Soltei um suspiro. Lavei a louça, guardei tudo de novo, comi o resto do brigadeiro, cobri o bolo com plástico filme, olhei minhas malas já na porta.

Mas antes de me tornar essa nova pessoa maravilhosa, pensei, essa jovem esperta da qual eu ainda nem sabia se iria gostar, me deixe retomar os velhos hábitos só mais uma vez. Não vamos abandonar o velho tão depressa.

Vesti uma roupa, tirei meu laptop da mochila e me sentei no sofá. Na tela brilhante, estava minha mãe, minha amiga, a única pessoa que sempre me conheceu.

MÃE

A mãe já estava sozinha havia mais de um ano quando de repente começou a mudar o jeito como vivia no seu apartamento. Passava semanas sem nem tocar na poltrona do canto da sala. Achava óbvio demais sentar ali, na cadeira feita para só uma pessoa. Há tempos estava acostumada a se sentar no meio do sofá, ignorando a linha que o dividia em dois assentos distintos, ou se deitando com a cabeça num braço e os pés apoiados no outro, o corpo ocupando todo o seu comprimento. O sofá parecia mais intencional para ela, como se estivesse escolhendo sentar seu corpo solitário num lugar para dois. Então ela finalmente decidiu se livrar da poltrona. Um primo veio e a levou embora, expondo os tufos de poeira que havia atrás dela. Ela varreu o chão e parou no seu lugar vazio. A sala de estar parecia ainda maior, a mãe ainda menor.

    O silêncio novo do apartamento a assustou. Várias vezes ao dia ela pigarreava para ouvir seu próprio som, para ver se ainda funcionava. Sua voz falhava brevemente, mas daí voltava, estranha, e daí familiar de novo. Seus passos ecoavam pelos cômodos. Ela derrubava coisas na imensidade do chão que nunca mais encontrava: elásticos de cabelo, comprimidos de ibuprofeno, um brinco. O som de um pássaro batendo contra a janela a assustou, embora ela estivesse no quarto andar, então não tinha como ser um invasor. Sentia-se boba, infantil, apavorada com aquela que era a sua primeira vez morando sozinha.

Ela desejou que o apartamento pudesse mudar com ela, que pudesse encolhê-lo, e suas paredes a segurassem como lençóis bem esticados. Um animal com um abrigo muito grande é como um animal sem abrigo nenhum, diagnosticou, pensativa, enquanto olhava pela janela do seu lugar no meio do sofá. A solução se apresentou naquela noite numa propaganda de detergente para tapetes enquanto assistia a um talk show noturno na pequena TV do seu quarto. Um golden retriever correu em câmera lenta até sua família, um homem e uma mulher rindo em camisas xadrez numa bela sala de estar, patas enlameadas no tapete, manchas profundas que levariam uma eternidade para limpar.

Na internet, ela procurou por cachorros para adoção perto dela, cães pequenos e grandes que precisavam de companhia. Imprimiu um formulário no trabalho pela manhã e enviou sua inscrição. Em casa, tirou do armário da cozinha duas tigelas de cerâmica pesada e pôs no chão ao lado do sofá. Depois que a mistura de corgi finalmente chegou, de aparência cara com sua pelagem brilhante e nome de raça estrangeiro, a mãe passou cinco horas no sofá vendo-o se mexer. O cachorro latiu, pulou e correu de um lado para o outro em súbitas explosões de energia, deixou a mãe tocar seu focinho e depois comeu um pedaço de frango da mão dela. Quando o cachorro se cansou, a língua de fora, ele se deitou no meio da sala, sob um pedaço de sol quase exatamente do seu tamanho, e só se levantava de vez em quando para seguir a luz à medida que se movia pelo chão.

Mais tarde, a mãe pensou em convidar o cachorro para se sentar perto dela.

Venha, ela disse, enquanto dava tapinhas na almofada do sofá, e o cachorro veio.

Do assento do meio, ela ligou para a filha para mostrar que agora tinha um amigo sentado ao seu lado. A mãe fez carinho no cachorro, e ele olhou de volta para ela, com a língua ainda de fora. A filha arregalou os olhos, ficou boquiaberta. Nem sabia que a mãe gostava de cachorro, ela disse, mas era bom vê-la feliz. O cachorro pulou no colo da mãe, lambeu seu rosto, seu nariz, seus lábios. Ela fez uma careta e limpou a boca, depois o empurrou para o lado e coçou os arranhões finos no seu braço, onde o cachorro tinha apoiado as patas. A mãe riu. Acredite, ela disse, estou tão surpresa quanto você. Acho que estou ficando mais besta. Vejo uma família com um cachorrinho na TV e isso é o suficiente para me dar vontade de agarrá-lo e ser sua mamãe.

O cachorro pulou sobre a mãe de novo como se soubesse do que ela estava falando, os dentes afiados reluzindo na tela. Suas unhas se cravaram mais uma vez nos braços dela, os dentes chegaram muito perto do seu pescoço, o corpo muito mais pesado do que parecia, muito mais forte e caprichoso, e isso assustou a mãe, que se sentia fraca e velha.

A filha saiu para encontrar os amigos, e a mãe ficou com o dela. O cachorro pulou na cama e se aninhou ao seu lado enquanto ela assistia à TV. Quando ela o levou lá embaixo para fazer xixi mais uma vez, rapidinho, porque estava chovendo, o cachorro ficou animado e não queria mais voltar para casa. Ele correu por todo o apartamento e latiu para a mãe sair com ele de novo.

Escute, ela disse ao cachorro, nem eu nem você vamos a lugar nenhum.

O cachorro a seguiu até o banheiro. Ela gentilmente o empurrou para fora para poder fazer xixi e escovar os dentes em paz.

Adormeceu e logo depois acordou com o corpo pesado dele pulando em cima dela na cama, as patas pressionadas contra sua barriga.

Estou cansada, ela disse à filha com um suspiro, enquanto tomavam café da manhã pelo Skype. Quem diria que cachorro é tão parecido com criança?

Você tem que treiná-lo, a filha disse. Ensinar tudo que quer que ele aprenda.

A mãe assentiu, se perguntando se tinha como ensiná-lo a não latir.

O cachorro era cheio de vida, como ela queria. Latia quando ela comia alguma coisa e não dividia, elevando as patas da frente e ficando de pé. Latia para os pássaros do lado de fora da janela. Latia para a porta quando ela saía para o trabalho.

A filha perguntou, o cachorro é carinhoso?

A mãe pensou por um momento. Tem chance, ela disse, de eu talvez não ser uma pessoa tão carinhosa assim. O cachorro não sai de cima de mim e mesmo assim não tenho vontade de abraçá-lo.

Durante toda a noite, no escuro, ela escutou o cachorro andando pelo apartamento. Ela reconheceu o som das unhas batendo nos azulejos do banheiro, o som que fazia quando cavava repetidas vezes no sofá.

Ela chorou no travesseiro quando se deu conta de que não sabia como fazê-lo parar.

Você acha que é muito ruim se eu o devolver?, ela perguntou à filha numa mensagem de texto, de madrugada.

E a filha respondeu que ela deveria fazer o que achasse melhor, que sempre poderia adotar outro cachorro depois, quando estivesse um pouco mais preparada.

A mãe não conseguiu dormir e chorou de novo no travesseiro depois de ter devolvido o cachorro ao abrigo, agora porque sentia uma falta tremenda dele e estava cheia de culpa. Ela esvaziou as duas tigelas de cerâmica e as guardou no armário. Fez a cama de casal. Comeu o jantar em silêncio. Nas almofadas do sofá, os novos rasgos no tecido pareciam feridas abertas.

A mãe não desistia fácil. Mais seis meses se passaram e ela continuou procurando novos sinais de vida pela casa. Até as novelas começaram a entediá-la, e as notícias eram muito tristes. Ficou grata quando, certa noite, a filha ligou e elas acabaram revivendo memórias de primos distantes no Skype. Um constrangimento levou a outro, uma queda levou a uma confusão, que levou a uma pegadinha. A mãe riu tanto que chorou. Enquanto enxugava as lágrimas com a ponta da manga da blusa, a conexão entre elas se interrompeu. O Skype soltou uma nota sombria e daí tudo ficou em silêncio.

A mãe se ajustou na cadeira e esperou a filha voltar. Assistiu à chaleira enquanto fervia um pouco de água para uma xícara de chá de camomila, com o computador no colo. Mergulhou o saquinho de chá na água e esperou mais um pouco. Depois de terminar a infusão, puxou o barbante e depositou com cuidado o saquinho de chá molhado na beira da pia. Levou a xícara aos lábios, mas estava quente demais para beber, então esperou mais um pouco. Ela escreveu no chat, Você foi para onde? O vento está soprando? Os grilos estão cantando? O que está acontecendo aí em cima, nos Estados Unidos? Ela queria saber. Não obteve nenhuma resposta. Mas ela já havia aprendido a não entrar em pânico quando tinham problemas de conexão. Havia coisas que não conseguiam controlar: tempestades, furacões, incêndios, apagões.

Ela terminou o chá e guardou a xícara. Estava na hora de se

ocupar com outras coisas, entendeu, mas era mesmo uma pena que não pudessem continuar rindo.

Ela entrou na conta da Netflix da filha e escolheu uma comédia. Não era tão engraçada quanto esperava, justificando no máximo umas risadinhas. Depois de certo tempo, deixou seu corpo deslizar na cama sem nem perceber, o computador agora apoiado sobre o peito. Ela estava no mundo do filme, e estava grata por isso. Tinha conseguido fazer o tempo passar e nem sequer tinha se parecido com uma espera.

E assim ela conseguiu passar a noite toda.

Acordou com o computador ao seu lado, o celular perdido nos lençóis de algodão. Ela o encontrou num emaranhado de tecido, conferiu suas mensagens, seus e-mails. Não havia nada da filha, mas tinha esperança de que era porque a filha ainda estava dormindo. Era sábado, hora de ela descansar. Imaginou a filha na sua cama de solteiro na faculdade, abraçando o travesseiro como um escudo, o corpo quente e macio respirando no seu quarto branco.

A filha estava absolutamente viva, a mãe tinha certeza. No caminho para o refeitório na neve, ela veria sua própria respiração, mais uma prova de vida.

A mãe continuou seu dia, preparou o café da manhã e tomou uma xícara de café preto enquanto escutava o rádio. Ficou de olho no relógio e no celular, cheia de paciência e compostura, enquanto assistia a uma novela antiga no computador. Depois da segunda xícara de café do dia, finalmente encontrou forças para desligar a TV e lavar a louça, que estava se acumulando havia dias na pia, e para varrer a cozinha e a sala. Olhou em volta da casa toda limpa e sentiu alegria.

Foi a morte de uma planta que a fez passar do seu limite. A samambaia parecia abandonada, folhas marrons e terra seca esquecidas num canto do apartamento. Ela cobriu o rosto com as mãos, os olhos bem fechados, e soltou um grito.

Ela não tinha regado, afofado a terra, aberto as cortinas para que pudesse tomar sol. Ela não tinha estado presente para a planta, não em muito tempo, não com amor. Tinha até se esquecido de que ainda estava viva.

A mãe trabalhava num escritório com seis pessoas que batiam papo enquanto adicionavam novos nomes à folha de pagamento, avaliavam atestados médicos, calculavam horas extras. Carregavam caixas de arquivo pesadas, folheavam pilhas de papéis cheios de números, vestiam agasalhos porque a sala estava sempre muito fria. A mãe ficava entediada na maior parte do dia, enquanto os colegas falavam sobre seus filhos e esposos, sobre o que fariam com a família nos fins de semana. Foi por isso que a mãe disse sim quando um deles, o único além dela que não era casado e que ouvia mais do que falava, a convidou para sair e tomar uma cerveja. Havia algo de leve e jovem naquele homem já de meia-idade que ria alto de quase tudo, independentemente de quem mais estivesse na sala, como se ainda não tivesse sido derrotado por más notícias. E por que não poderia ela também experimentar leveza?

Naquela sexta-feira, na noite do encontro, a mãe passou no apartamento dela para se trocar, então pegou um ônibus até o bar. O ônibus estava lotado, cheio de alunos abraçando suas mochilas volumosas, e ela ficou aliviada quando finalmente desceu na sua parada. A brisa fresca tocou o seu rosto e tinha cheiro de fritura. Desceu a rua de paralelepípedos, passando por casais de mãos dadas, famílias saindo para jantar, mulheres com roupas de ginástica passeando com cachorros minúsculos, adolescentes fumando e rindo uns com os outros. Enfim alcançou o homem sentado numa mesinha na calçada, sorrindo quando ela se sentou, e gargalhando quando lhe entregou o cardápio. Sob a luz fraca da rua na frente do bar, seu rosto era marcado de sombras fundas, muito mais velho e mais inchado do que se lembrava. Ela tomou um gole de cerveja e comeu batatas fritas gordurosas enquanto ele reclamava dos colegas de trabalho. Sua risada soava cruel, agora que eles estavam lá fora sem ar-condicionado ou agasalhos, só os dois no calor, e ela se perguntou para onde tinha ido a leveza dele, se ela tinha imaginado isso porque queria que fosse verdade, que algo bom simplesmente iria acontecer, que alguém poderia convidá-la para um drinque.

Sua cerveja estava gelada e amarga, e ela desenhou corações no copo suado para passar o tempo.

A certa altura, o homem perguntou se ela estava entediada. Precisava de uma jaqueta, outra cerveja, mais batata frita? Ela balançou a cabeça dizendo que não. Daí ele perguntou a ela sobre a sua filha.

Por que ela decidiu se mudar para tão longe, afinal? Ela está estudando para quê? E quando ela acha que volta?

A mãe mexeu a cabeça, balançou uma mão no ar.

É complicado, ela disse, vagamente, para que não revelasse de pronto que na verdade não sabia de nada, onde a filha dormia à noite, a língua que ela falava, como ela passava os seus dias, se ela voltaria. Ela não conseguia apontar para a casa da filha num mapa do mundo se precisasse, e ela só esperava que isso não importasse, que ainda pudesse manter seu vínculo com a filha, que ainda conseguisse ser sua mãe.

Esta é ela, disse ao homem, e inclinou o telefone para lhe mostrar uma foto da filha com um grupo de amigos da faculdade do lado de fora de um bar distante, emoldurado por pingentes de gelo. Letreiros de neon borrados, bitucas brilhantes de cigarros, as barbas malfeitas no rosto de meninos, olhos vermelhos com o flash da câmera. Havia esperança em toda aquela juventude.

Mas por quê?, o homem perguntou. Por que ir sozinha? Por que não ficar com você?

A mãe tensionou os ombros. Ninguém estava rindo agora. Ela segurava o copo de líquido dourado numa mão, gotas d'água escorrendo pelos nós dos dedos, e tomou um gole lento.

Ela não tinha como deixar passar uma oportunidade daquelas, disse. Ela que precisa viver a vida dela.

A mãe deu de ombros.

O homem lhe lançou um olhar confuso, depois assentiu.

Você deve ter muito orgulho, ele disse.

Eu tenho, a mãe disse. Fico feliz que ela esteja por aí lendo seus livros em inglês, praticando sua escrita e receitas e caligrafia, dormindo sozinha numa casa em formato de caixa de leite.

A mãe estava falando a verdade.

Uau, o homem disse.

O quê?, a mãe perguntou.

Eu sempre quis ter uma criança inteligente e ambiciosa como a sua, ele disse. Mas agora que estou parando para pensar, mudei de ideia. Você não iria preferir se ela fosse um pouco burra? Se não tivesse nenhum sonho e só arranjasse um trabalho qualquer e cuidasse da casa?

A mãe franziu a testa.

Brincadeira, ele disse. É só uma brincadeira. E deu uma risada alta e maldosa e bateu na mesa com os punhos.

Tudo tem seus prós e contras, só isso, ele disse.

Ela se forçou para sorrir um pouco, para parecer o mais agradável possível, para evitar qualquer constrangimento entre eles, só dois colegas de trabalho na rua tomando uma cerveja.

Tudo bem, ela disse. É.

O homem riu um pouco mais. Terminou a cerveja e perguntou de novo se a mãe não gostaria de mais uma bebida.

Ela não gostaria.

Enquanto esperavam a conta, ela observou um jovem casal sentado na mesa ao lado, fragmentos da risada deles chegando até ela. Ela deixou o homem pagar a cerveja e as batatas fritas sem o olhar muito nos olhos dele, já que ele tinha julgado sua família, perguntado o que os fazia ser quem eram, já que ele tinha visto tanto dela.

Sozinha em casa, ela comeu uma maçã ao lado da pia para não sentir fome de madrugada, tomou um copo grande de água, escovou os dentes e vestiu o pijama. Antes de ir para a cama, parou um momento na sala e admirou o seu vazio, os estofados disponíveis para recebê-la, o silêncio perfeito da noite. A calmaria fez a mãe sorrir. Por aquela noite pelo menos, encontraria a leveza ali.

Quase três anos depois de a filha ter ido embora, a mãe recebeu um cartão-postal de Vermont. De um lado, havia uma foto de um lago cercado de folhagem, e, do outro, a descrição de uma tarde de outono na letra da filha. Ela passou o polegar pelo carimbo do correio e o passarinho no selo marcado USA FOREVER. Pensou consigo mesma, este cartão já viajou mais do que eu.

Afixou o cartão na porta da geladeira com um ímã e sorriu ao ver como ficava na sua cozinha: colorido, cosmopolita, cheio de aventura, como tantas das coisas que ainda tinha para ver. Folhas mortas nunca pareceram tão vivas. Sua cozinha parecia pálida em comparação, panos de prato encardidos e torneira pingando.

Sua filha sabia como pegar um trem para Nova York, como enviar cartões com selos de pássaros para outros países, como morar sozinha e continuar seguindo em frente. A mãe estava velha e cansada e se viu sentada sozinha, sem filha para lhe ensinar como ser mãe.

Por favor, ela implorou aos céus enquanto olhava para o cartão-postal. Me leve até lá.

E os céus a ouviram. Porque de repente ela se lembrou de que esse vazio na sua casa não era totalmente ruim. Ela não tinha tanto tempo assim, tanta liberdade, desde que era criança. Poderia brincar o fim de semana inteiro se quisesse, poderia aprender coisas só por aprender, tinha menos responsabilidades do que jamais tivera na vida, e talvez isso a fizesse mais jovem, não mais velha.

A mãe foi ao banheiro e olhou seu rosto no espelho, o mesmo rosto sem graça que conhecia bem, olhos pequenos e lábios pálidos, óculos deslizando na ponta do nariz. Ela lavou o rosto, escovou o cabelo, passou um batom. Levou as mãos ao lado do rosto e puxou a pele para esticar as rugas. Elas desapareciam enquanto ela a segurava e reapareciam quando a soltava. Jovem, velha, jovem, velha, feito mágica.

A mãe sabia o que fazer em seguida. Desligou o computador, pegou uma toalha do guarda-roupa e saiu de casa. Tomou o ônibus para sua praia favorita na cidade, a qual tinha esquecido que ficava só a quinze minutos de distância. Mesmo estando com uma das suas dores de cabeça, sentou-se na areia e observou a água, a mão protegendo o rosto do sol.

Uma moça de maiô rosa correu de um lado para o outro com um cachorro. Um menino construiu um castelo de areia disforme e as ondas o levaram embora. Um grupo de turistas que falavam alguma língua europeia se sentou numa mesa de plástico e comeu prato após prato de frutos do mar. O horizonte de Natal brilhava por trás das dunas de areia. Passou-se uma hora.

Antes de voltar para casa, foi ao oceano. Verde, azul, morno. As ondas alcançavam suas canelas e ela não se atreveu a ir mais fundo. Entrou na ponta dos pés numa das piscinas naturais, onde a água era mais calma, escondida do oceano de verdade. Sentia-se segura ali, cercada por pedras, uma criança numa piscininha. Lambeu os lábios e estavam salgados.

Em casa, ela tomou um banho rápido e sentou-se no sofá para ligar para a filha e contar do seu dia incrível.

Tem tanto lugar bonito para ver por aqui. Mas sempre acabo esquecendo.

A filha assentiu.

Estou feliz que esteja saindo mais, mãe, ela disse.

Depois ela disse algo em inglês para a mãe sem querer. *Well done*, ela disse.

A mãe inclinou a cabeça.

O que é isso?, ela perguntou.

Desculpa, quis dizer *muito bem*. Besteira minha, só um lapso verbal.

A filha balançou a cabeça, envergonhada. Pela primeira vez em anos, achou que sua mãe realmente estivesse melhorando e baixou a guarda, parou de prestar atenção à sua língua num momento de alívio.

A mãe não disse mais nada e deixou passar. Essa era a realidade delas, não adiantava discutir: dois países, duas línguas.

Na cama, no escuro, a mãe pensou nas palavras em inglês da filha e se perguntou como era para a filha ouvir a própria voz soar daquele modo, distorcida, arranhada. Mas no fundo a mãe achava que devia ser lindo ter uma segunda língua inteira daquele jeito.

Antes de sair da praia, ela comprou um cartão-postal para a filha num quiosque, enquanto as ondas banhavam as dunas da

cidade delas. Pressionou seu próprio selo de pássaro, um joão-
-de-barro avermelhado na frente do seu ninho, e o alisou com a
ponta dos dedos.

Com sua caligrafia arredondada, escreveu, Minha filhinha.

Você me mandou um lago lindo. Queria te mandar um
oceano.

REENCONTRO

A filha nunca voltava para casa nem sequer para um velório. Seu visto dificultava viajar e raramente tinha férias do trabalho. Devia à mãe vários Natais, réveillons, aniversários das duas que nunca conseguiriam recuperar. Para tentar quitar sua dívida, comprou para a mãe uma passagem barata para Nova York com uma escala de oito horas na Cidade do Panamá e mais quatro em Miami. Sua mãe nunca tinha andado de avião, não falava nada de inglês, não sabia bem como se preparar.

Por quantos portões vou ter que passar?, ela se preocupou.

É só seguir as minhas instruções, a filha disse, e escreveu para a mãe um roteiro completo, com os passos para dar entrada no visto, como se portar na entrevista da imigração, além de todo um itinerário meticuloso. A mãe decorou algumas frases em inglês: *Estou viajando sozinha. Estou visitando por doze dias. Minha filha mora aqui. Está nos Estados Unidos há cinco anos.* No Skype, a filha a ajudou a fazer as malas, aconselhou a mãe a deixar em casa sandálias e roupa tropicais, trazer só suéter bege ou preto e sapato fechado ortopédico. Na tela, ela assistiu à sua mãe de cabelo bagunçado e olheiras dobrando meias e calcinhas e enfiando-as em qualquer brecha na mala, junto do café especial e do doce de goiaba que a lembrava da infância.

Na noite anterior à chegada, enquanto sua mãe querida voava sobre o oceano e comia amendoim ao lado de um casal de adolescentes cosmopolitas, a filha bebeu três garrafas de cerveja Corona enquanto esfregava a pia do banheiro e o sanitário, lavava todas as panelas e frigideiras incrustadas de gordura no fogão e jogava fora os potes de arroz e carne estragados na geladeira. Foi até o porão e lavou à máquina seu único edredom, mofado e com listras azuis desbotadas, para que sua mãe ficasse quentinha nas noites frias de Nova York.

A filha adormeceu, mas a mãe não. Ela apenas enrolou as pernas com o cobertor fino que lhe deram e esperou. Os adolescentes puseram um filme de animação a que não assistiram, seus olhos cobertos por máscaras de seda, o menino ocupando todo o apoio de braço. Outra mãe do outro lado do corredor segurava o filho nos braços enquanto jantava, às vezes o balançando levemente quando o bebê ameaçava chorar. A mãe comeu rápido sua refeição: macarrão penne com molho de tomate e uma fatia de brownie. As luzes do avião baixaram e ela continuou à espera no escuro. O pequeno avião se movia lentamente sobre o mapa-múndi na tela à sua frente, cada vez mais longe da sua vida, e ela desejou que se movesse mais depressa para que pudesse se sentir logo segura e confortável com sua filha, sem nenhum roteiro para lembrar, sem mapas a seguir, sem malas pesadas para carregar. O sol nasceu quando estava prestes a desembarcar no Panamá. Apertando os olhos, ela conseguiu ver montanhas verdes e uma estrada rural entre as nuvens antes de fechar a persiana da janela. Não foi ao banheiro nenhuma vez para não incomodar os adolescentes, e suas calças estavam ficando desconfortavelmente apertadas na cintura.

No terceiro aeroporto, o café que estava levando para a filha foi inspecionado. O segurança da TSA com um distintivo dourado pegou o pacote e falou algo que ela não conseguia entender. Quando ela estendeu a mão para apontar para o rótulo e mostrar o que tinha dentro, ele gritou, arrancou-o da sua mão e nunca mais o devolveu. Ela preencheu os formulários com uma caneta que trouxe de casa e conseguiu lembrar todas as frases em inglês. Tiraram sua foto e escanearam suas impressões digitais. Pessoas de uniforme disseram, *This way, ma'am*, e gesticularam com os braços de um corredor para outro.

Em Nova York, ela viu a filha primeiro, olhando para uma placa de outra família que dizia WELCOME BACK. A mãe correu até ela e deu um aperto no seu ombro, agarrou sua mão, abraçou-a com força, surpresa que a filha parecia tão sólida ao toque, tão viva, tão cheia de textura e ar, depois de anos sendo apenas uma imagem rasa numa tela. A filha a abraçou de volta e se surpreendeu que a mãe fosse tão pequena nos seus braços, tão delicada e fora do comum e familiar ao mesmo tempo, e a filha tocou o rosto da mãe, como se estivesse tentando se convencer de que não estava imaginando aquilo.

A filha disse, Nem acredito que você está aqui, e a mãe disse, Nem acredito que você é real! Saíram do aeroporto segurando os braços uma da outra. A mãe estava maravilhada que conseguisse ver sua própria respiração. O ar tinha um cheiro de gelo. Uma névoa espessa bloqueava a vista das janelas do trem saindo do aeroporto JFK. As árvores ao longo do caminho não tinham folhas.

Ofegante, a filha carregou as malas tão bem-feitas da mãe até o quinto andar. O rosto da mãe se iluminou quando ela enfim viu o mundo privado da filha, um lugar que ela só conhecia através da tela do computador, bem como as famosas atrações de Nova York que só tinha visto pela TV. Andou de um lado para o outro, seu cabelo mais curto agora completamente grisalho, balançando de leve.

Ah, aquela almofada! Essa pintura! Esse sofá! Eu reconheço este aqui, ela disse enquanto pegava um pequeno vaso perolado da borda de uma estante, um círculo perfeito sem poeira deixado para trás, marcando onde estava. A filha segurou a outra mão da mãe, que parecia menor do que ela lembrava, enrugada e encolhida, e a beijou.

Na cozinha, a filha colocou pão fresco numa cesta e água quente num bule de verdade, descansou xícaras frágeis nos seus pires delicados e serviu para a mãe um chá caro junto a uma tigela pesada de melão cortado em cubos. Ela nunca fazia essas coisas quando estava sozinha, na sua vida de sanduíches de pasta de amendoim na beira da pia e fatias de pizza de um dólar em pé no meio da rua.

Também fez um bule de café coado para elas, enquanto o chá preto, que nenhuma das duas tinha o hábito de beber, esfriou. Era sobretudo cerimonial, uma desculpa para usar o melhor das suas coisas, uma forma de honrar sua mãe. Ambas tomavam seu café com leite e sem açúcar. Comeram depressa a fruta, depois fatias de pão com manteiga entre goles. A filha serviu outra xícara de café, e mais outra.

Eles confiscaram o café que eu estava trazendo para você, a mãe disse. Pilão, seu preferido.

Sinto muito, disse a filha.

E eu me perdi tantas vezes.

Você teve medo?, a filha perguntou.

No começo. Mas aí as coisas começaram a acontecer exatamente como você disse que aconteceriam. Havia setas em todo canto no aeroporto e elas me levaram direto a você. Você de fato estava no fim do corredor mais longo, do jeito que me prometeu.

E o voo?

Achei que me sentiria mais leve — como se não tivesse nenhum peso —, mas não, foi muito diferente de andar de elevador. Me senti pesada e tensa o tempo todo.

A filha assentiu.

Logo a mesa estava coberta de migalhas e anéis marrons do fundo das canecas de café, e a filha levou a sua aos lábios, e mais uma vez descobriu que estava vazia. Colocou-a ao lado das xícaras de chá sofisticadas, ainda cheias.

A mãe admirou a casa arrumada, o bom gosto e a elegância dos móveis e das roupas de cama da filha, embora a maior parte fosse comprada barato na Ikea. O sol se pôs antes das cinco da tarde e a mãe estranhou a escuridão. A filha sugeriu usar sua HappyLight de terapia solar, que ajuda a produzir vitamina D, para prolongar a sensação do dia. Apertou um botão e seus rostos brilharam, as paredes brancas virando um azul fantasmagórico. A mãe abriu a boca, encantada e chocada que alguém pudesse ter tanto controle sobre o próprio dia.

Minha filha, ela disse, morando numa caixinha na cidade de Nova York, usando uma lâmpada como luz solar.

À noite, depois de terem comido a goiabada e escovado os dentes, a filha improvisou uma cama para a mãe no sofá-cama da sala, o cômodo mais quentinho do apartamento, e sua mãe — ah, sua mãe, tão dolorida e cansada da viagem — adormeceu na mesma hora. Ela não se lembrou nem de dar boa-noite nem de perguntar se a filha tinha um travesseiro extra para apoiar as pernas.

A filha tentou dormir, mas não conseguiu. Parecia estar com jet lag, embora não tivesse viajado seis mil quilômetros em um dia. Debaixo da sua cama, no seu quarto minúsculo, havia uma caixa de segredos que não valia a pena guardar, mas que também não valia a pena revelar. Um vibrador lilás, uma garrafa de uísque, seus diários antigos. Expostos, descansando nas prateleiras da sala, em volta da mãe dormindo: cartões de Natal de antigas colegas de quarto, cartões-postais de amigos distantes, livros de mesa cheios de pratos apetitosos e lugares exóticos. Qualquer coisa para fazê-la parecer mais impressionante para a mãe, mesmo que ela suspeitasse que tinha pouco efeito. Sua mãe não prestou nenhuma atenção nesses itens, tão meticulosamente posicionados para seu benefício. Estava focada nos detalhes reais de como a filha vivia nesse lugar, nas coisas que a ajudavam a sobreviver enquanto ela não tinha mãe.

O que você faz com isso?, ela perguntou, apontando para uma batedeira. E onde você lava as suas roupas?

A casa da mãe sempre foi prática. Todas as superfícies eram cobertas de fragmentos dos seus dias. Comprimidos ainda na cartela, livros de receitas, tesouras ao lado de um envelope aberto. Nada decorativo, nada muito ostensivo, exceto pelas fotos da filha no exterior — Londres, Lisboa, Los Angeles — que ela gostava de mostrar a todos os amigos e entregadores de água e gás.

A filha entendeu tarde demais, depois de muita inquietação, que tinha esquecido de tomar os seus comprimidos daquela noite. Depois de cinco horas de sono interrompido, finalmente jogou os cobertores para o lado e foi na ponta dos pés ver se a mãe parecia confortável. O apartamento estava todo escuro, apenas uma listrinha de luz que surgia brilhando por debaixo da porta da frente, vinda do corredor de fora. A filha acendeu um abajur com cuidado. A mãe segurava a bainha do edredom com uma das mãos e escondia a outra debaixo do travesseiro. Vestia uma camisola branca de babados que a fazia parecer uma criança. Seu rosto brilhava suavemente na penumbra da sala, e a filha admirou como ela parecia tranquila, descansada, nem um pouco como se tivesse acabado de chegar a um país estrangeiro e agora dormisse numa cama improvisada no apartamento minúsculo de outra pessoa.

Ainda assim, a filha não resistiu e tentou acordá-la. Tocou

seu braço e sussurrou, Mãe, acorde. Vou preparar café da manhã para a gente.

A mãe resmungou alguma coisa e se virou para o outro lado, a boca entreaberta, os cabelos prateados se espalhando por todo o travesseiro, as mãos agora unidas sob o rosto como se estivessem em oração.

Desculpa, disse a filha enquanto se inclinava sobre a mãe, a mão pairando sobre sua cabeça. Vou te deixar descansar.

A filha de repente compreendeu que sua mãe não tinha a menor ideia de onde estava. Não conhecia essas ruas e nunca acharia o caminho de volta para casa sozinha. A filha tinha que protegê-la, guiá-la e mandá-la adiante com segurança quando chegasse a hora. A mãe confiava nela para fazer isso e também para velar o seu corpo enquanto dormia. A filha ficaria de olho nela para ter certeza de que não acordaria sozinha no sofá-cama, que não acordaria confusa.

A filha foi para a cozinha. A luz do dia tinha começado a aparecer na janela acima da pia, a cozinha mergulhada num tom frio de roxo. Olhou dentro da geladeira aberta, pensando no que preparar para o dia. Logo sua mãe se levantaria, olharia para ela, falaria como se não tivessem passado cinco anos separadas, uma vida inteira. Ela espremeu o suco de uma laranja num copo, bateu alguns ovos para fazer panquecas, preparou uma xícara de café forte, arrumou tudo com cuidado numa bandeja que nunca teve ocasião de usar.

Na sala, sua mãe sonhava que estava realmente voando.

A mãe acordou suando debaixo do edredom pesado, presa nos lençóis retorcidos do sofá-cama. A cama improvisada parecia um berço, com os braços e encostos bloqueando sua visão da sala, de modo que tudo o que conseguia ver era o teto: branco, com forro ornamentado e uma roseta no meio, e um lustre pendurado acima dela como um móbile. Ouviu a buzina de um carro, depois passos, e se apoiou nos cotovelos para ver sua filha entrando na sala, os cabelos grisalhos da filha brilhando ao sol, o blazer muito grande que ela usava para o trabalho administrativo numa ONG fazendo-a parecer toda adulta, apesar do rosto redondinho ainda de criança, dos cabelinhos finos ainda cobrindo a testa. A mãe se sentiu velha demais e ao mesmo tempo jovem demais para isso, para passar a noite num sofá do outro lado do mundo, para ser hóspede da própria filha.

Bom dia, mãe.

Bom dia, linda.

A filha se sentou na beira do sofá-cama e beijou a mãe no topo da cabeça. As duas cabeças grisalhas se tocaram, os cabelos se misturando.

A luz entrava pelos janelões e o sol de inverno iluminava o rosto delas. A mãe estendeu um braço e observou a luz da manhã tocando os sinais na sua mão, mas não sentiu nenhum calor na pele. Havia algo perturbador naquela frieza.

Nunca pensei que viveria para ver este dia, disse a mãe.

Eu sei, disse a filha. Eu também não.

A mãe foi até o banheiro e admirou a linda torneira dourada, com duas alavancas de porcelana e uma peça de metal retrátil para o ralo.

Até agora, a coisa favorita da mãe nos Estados Unidos era que ela podia beber água direto da torneira, um copo atrás do outro, de graça, e o que menos gostava era que tinha tanta coisa que ela não conseguia entender. A torneira com duas alavancas. A escova de dentes elétrica, enorme e brilhante, conectada à tomada. O creme dental clareador para dentes sensíveis, que saiu do tubo preto como piche. O sabonete de rosto num vidro rosa bebê, SOAP FREE, dizia o rótulo.

Água muito quente saiu da torneira e a mãe tirou a mão rápido da pia. Tinha se queimado e não tocou mais no registro, não lavou o rosto no fim das contas e também não pediu ajuda à filha. Você me ajuda a abrir a torneira? Não era algo que conseguiria perguntar. Em vez disso, olhou para o espelho embaçado, para as sobrancelhas grossas, seus lábios, seu nariz, igual ao da filha, e fechou os olhos. Desejou pela pia que elas tinham em casa, simples e pobre, com sua água de má qualidade, sua única alavanca de plástico, que nunca tinha lhes falhado, que sempre fora um bom lar para suas escovas de dentes baratas e seu creme dental genérico.

Mas quando girou a maçaneta de cristal da porta do banheiro e viu a filha no fim do corredor, salpicando açúcar de confeiteiro nas panquecas com uma peneirinha, ela mudou de ideia, quis pegar o desejo de volta. Não tinha como não pensar que tudo já estava perfeito exatamente como estava, torneiras douradas e tudo, nenhum vidro brilhando entre elas.

Olha o que eu fiz hoje de manhã, a filha disse, balançando sua varinha, pó branco caindo no blazer preto. Um café da manhã especial.

A mãe se sentou à mesa da cozinha.

Não precisava, a mãe disse.

Queria te mimar, a filha disse.

Elas comeram as panquecas com maple syrup doce e chantili macio, uma receita que a mãe nunca tinha comido antes mas que já adorava.

Bem doce, ela disse. Sobremesa no café da manhã.

Depois a filha fez para elas um café especial na sua máquina Nespresso vermelha e espumou um pouco de leite numa jarra, segurando-a no ar e inclinando-a com precisão. Desenhou dois corações com a espuma nas suas canecas de latte, perfeitos e arredondados, nada como os borrões que tinha feito antes enquanto praticava com os vídeos do YouTube.

Olha o que eu fiz pra você, ela disse.

A mãe olhou para a xícara e sorriu.

Isso é café?, ela perguntou.

Daí tomou um gole e lambeu o bigode de espuma.

Tão diferente de Pilão, a mãe disse. Muito forte.

É de ótima qualidade, da Colômbia.

Mas ainda não é tão gostoso quanto Pilão, a mãe disse.

A filha riu.

Não, claro que não, a filha disse, ironicamente a princípio, achando graça na humildade da mãe, no seu gosto muito simples, na sua lealdade ao que era familiar e pouco refinado, mas logo parou. O café 100% arábica, o maple syrup 100% puro, o pão 100% integral — tudo isso parecia ridículo agora. Ela balançou a cabeça. Estava envergonhada de ter se deixado mudar tanto, de ter acreditado nem que fosse por um segundo que seu dinheiro, seu conhecimento cuidadosamente adquirido, seu gosto crítico a fizesse superior.

Tem razão, ela disse. Pilão é muito melhor, e desta vez estava falando a verdade.

Ela tomou um gole do seu café caro e não achou mais tão gostoso. Deixava o seu estômago ácido.

Ainda assim, ela bebeu, amargo e tudo, incapaz de abrir mão dele por completo. O gosto amargo já tinha se tornado parte da sua vida. Era um dia frio e ela precisava daquele calor.

A mãe segurou a caneca de latte com as duas mãos e bebeu também, em goladas. Aceitava tudo o que a filha lhe dava, engolia qualquer coisa estranha que a filha lhe trazia.

Desculpa, a filha queria dizer. Desculpa que esqueci como a gente era.

Para corrigir o seu erro, cancelou a reserva do almoço que

tinha feito e perguntou se a mãe queria ficar em casa e fazer a canja de galinha da avó com ela.

A mãe colocou a caneca na mesa.

Sim, ela disse. Por favor.

Organizaram os ingredientes na bancada da cozinha, todas coisas que a mãe conhecia, e foram ao trabalho.

A mãe chorou enquanto cortava cebolas e a filha descascava batatas com uma faca, as tiras de casca como países num mapa. A filha encontrou cubos de caldo de galinha Maggi no fundo de uma gaveta e os adicionou à mistura. O caldo dourado começou a ferver e elas se revezaram experimentando o líquido, quente, salgado, acolhedor. Tinha um gosto de fato especial, do jeito que era para ser, e era tão raro que as coisas saíssem como deveriam.

Elas encheram duas tigelas e comeram, então as encheram mais uma vez e mais outra, a tarde toda, até ficarem satisfeitas e suando, as cenouras tão prazerosamente macias ao toque, os pedaços suculentos de frango soltando dos ossos. Viraram suas tigelas e beberam o caldo, e se lembraram de quem eram, mãe e filha mergulhando pedaços de pão nas suas vidas passadas.

A mãe olhou bem para a filha tomando a sopa da infância das duas, as bochechas coradas, os lábios brilhando de gordura, a franjinha de bebê grudada na testa, e reconheceu sua menina. Agarrou a mão da filha, pôs seus dedos sobre os dela, tocou cada unha, esfregou cada nó do dedo e não a soltou, maravilhada que não estivesse mais sozinha.

O sol estava se pondo e as sombras das plantas na janela estavam ficando mais longas. Passou uma ambulância, um cachorro latiu, alguém deu uma risada na rua e a mãe continuou segurando a mão da filha. A filha deu um apertinho na mão da mãe como se dissesse, está tudo bem, eu juro, estamos juntas agora, e elas finalmente se levantaram.

Escovaram os dentes no banheiro minúsculo e se revezaram cuspindo na pia, e vestiram o pijama mesmo que ainda fosse cedo. Estavam cansadas depois do esforço de trazer o passado de volta à vida.

Boa noite, mãe, a filha disse, enquanto a mãe se enfiava nas cobertas.

Boa noite, filha, a mãe disse.

As duas se lembravam dos seus papéis agora, misturados que fossem.

Filha, mãe.

A mãe ficou surpresa com a rapidez com que se acostumou à vida no apartamento da filha. Sem nem tentar, tinha se tornado alguém que sabia distinguir panquecas de waffles de crepes e comia todos com cubinhos de manteiga. Sabia se sentar e deixar a máquina de lavar louça fazer o trabalho por ela, o robô aspirador, a escova de dentes elétrica que sua filha comprou para ela. Sabia como ajustar a temperatura da água em todas as torneiras do apartamento. Sabia até algumas palavras em inglês, *please, thank you, goodbye*, as palavras que mais precisava. Em questão de dias, tinha se apegado a esse jeito de existir no mundo, aos objetos estranhos que faziam companhia à filha, aos abajures cheios de curvas e às mesinhas torneadas, ao Google Assistant que descrevia o clima, à vela de sândalo que a filha acendia todas as noites, não para rezar pelos seus mortos, mas para perfumar a casa.

Na última noite da mãe naquele lugar, enquanto fazia as malas, ela olhou já com saudade para as janelas enormes, as cortinas pesadas e as portas elegantes, e ficou assustada que pudesse sentir tanta falta de um lugar que só conhecia há pouco menos de duas semanas. Ela olhou para a filha, ajoelhada ao lado da mala, dobrando as roupas recém-lavadas, e teve vontade de dizer, agora eu sei: eu sei o quanto você gosta deste mundo, eu sei como é deixá-lo.

A filha pegou a camisola branca da mãe e segurou pelas mangas.

O que eu não faria para ver isso todos os dias, a filha disse.

E a mãe disse, Fica pra você, por favor. Usa quando sentir minha falta.

A filha apertou a camisola contra o peito por um momento. Então foi ao seu quarto pegar seu próprio pijama, um conjunto xadrez que ela tinha comprado em promoção na Old Navy.

Pronto, ela disse enquanto entregava a trouxa à mãe. E você usa o meu.

Cada item que elas estavam colocando na mala da mãe trazia uma lembrança: o pulôver de lã marrom que a mãe vestiu na praia fria com as gaivotas, a presilha que às vezes usava para tirar o cabelo do rosto de manhã, as meias felpudas que aqueciam seus pés nas noites no sofá-cama. Mal colocavam o item na mala e já o tiravam e deixavam outra coisa no seu lugar.

A mãe deu à filha o suéter de lã e a filha deu à mãe um dos seus, um de gola alta de casimira que ela comprara num brechó. A mãe lhe deu a presilha imitando casco de tartaruga e a filha deu à mãe um frasco do xampu de hortelã que a mãe tinha gostado. A mãe desempacotou seu chá noturno favorito e a filha trouxe da despensa um pote de geleia de morango da Smucker's. Elas trocaram remédios de dormir, perfumes, velas e camisetas favoritas. Logo todas as coisas da mãe eram da filha, e todas as coisas da filha eram da mãe, e elas vestiram as roupas uma da outra, calçaram os sapatos uma da outra. Voltariam para suas rotinas, mas levariam junto com elas pedaços uma da outra. Ambas iriam viver duas vidas.

A filha pôs o seu colar no pescoço da mãe e deu um tapinha nas costas dela.

A mãe se virou.

Estou parecida com você?

Igualzinha, disse a filha. Parece que estou me olhando no espelho.

A mãe gostou da resposta. Era uma honra ser, nem que fosse um pouquinho, tão bonita quanto a filha.

E eu?, a filha perguntou, posando na camisola branca cheia de babados da mãe. Estou parecida com você?

Você não quer ser parecida comigo, a mãe disse com um sorriso, tentando arrancar elogios da filha.

Mas eu quero, eu quero!

Houve abraços, beijos, lágrimas.

Cuide da sua saúde. Não beba muito. Não coma muito açúcar.

E você também. Lembre-se de se divertir.

Elas seguraram as mãos uma da outra.

Please, thank you, goodbye, a mãe disse, suas palavras favoritas em toda a língua inglesa.

A filha balançou a cabeça.

Ainda temos algumas horas, ela disse. Nada de despedidas ainda. Nada de ir dormir.

Vamos festejar a noite toda!

Vamos viver mil noites em uma!

A mãe pôs um alarme no telefone da filha para as cinco da manhã, para que não se atrasassem a ida ao aeroporto e pudessem aproveitar esse tempo juntas sem ficar de olho no relógio. Então se sentaram à mesa da cozinha pela última vez. Comeram biscoitos Milano, Oreo e Chips Ahoy direto de pacotes amassados, até ficarem enjoadas e cansadas de tanto açúcar.

A mãe disse, Talvez eu precise tirar um cochilo depois dessa.

E a filha disse, Só mais um pouquinho, por favor.

A mãe prometeu, Não se preocupe, vou ficar acordada. Não vou a lugar nenhum.

A filha preparou uma panela grande de vinho quente com cravo e canela, laranjas e maple syrup, uma receita antiga da época de faculdade que queria que a mãe experimentasse. Despejou o vinho com uma concha nas canecas brancas, o líquido vermelho escorrendo pela lateral.

Uma delícia, a mãe disse, batendo na alça de cerâmica da caneca com a unha.

Mais uma coisa pra sentir falta.

A filha encheu de novo as canecas e elas beberam tudo rápido demais, e cantaram músicas do Queen, e pensaram como era triste que antigamente elas bebiam juntas no Skype, e riram de como a filha escorregava às vezes e falava em inglês sem querer, a luz pendente brilhando acima delas como uma auréola. A mãe virou a caneca e bebeu o que restava do vinho, e a filha a copiou. Nenhuma gota do tempo que tinham juntas seria desperdiçada. Logo a mãe bocejou. A noite estava começando a embaçar, ficar mais imaterial, mais e mais como um sonho. Ela estava com sono. De algum modo, duas horas tinham se passado e seus pijamas estavam cobertos de migalhas de biscoitos.

Nada de ir pra cama!, a filha disse.

A mãe assentiu, toda séria.

Eu sei, ela disse.

Nada de despedidas ainda.

Beberam grandes copos d'água para ficarem mais sóbrias e foram para a sala assistir a um filme. A filha segurou o laptop enquanto a mãe arrumou os travesseiros na cama improvisada e pôs o edredom sobre as pernas. Por fim, a filha puxou a correntinha do abajur e seus olhos se ajustaram ao escuro. A filha apertou o play e segurou a mão da mãe.

Havia uma mulher dirigindo um carro, um homem andando

por uma casa, um cachorro correndo num campo. Mas mãe e filha mal conseguiram se concentrar no que estava acontecendo, quem era quem, para onde estavam indo. Elas tentaram resistir, mas a cama era quentinha e confortável. Sentiram-se ancoradas pelo peso das mãos apertadas, o edredom pesado, o som da respiração das duas. Adormeceram lado a lado, de braços dados, as cabeças apoiadas nos ombros uma da outra.

Pelo resto da noite, a tela brilhou enorme entre elas. Banhou o rosto das duas numa luz azul milagrosa.

Agradecimentos

Obrigada à minha agente, aos editores da Grove Atlantic e ao time incrível da Companhia das Letras por acreditarem neste livro e me ajudarem a trazê-lo de volta para casa depois de tantos anos longe.

Obrigada às revistas *The New Yorker*, *Guernica* e *A Public Space* por publicarem alguns dos capítulos em inglês. Obrigada também às residências literárias do Disquiet International Program in Lisbon, Jentel Arts Foundation, Lucky Star Farm, Outpost Foundation, Writing By Writers e Yaddo. Não poderia ter terminado de escrever este livro sem todo esse apoio e sem as amizades que fiz nesses espaços.

Meus professores na Bennington College me chamaram de escritora antes de eu mesma ousar. Obrigada a todos por me incentivarem a continuar. E obrigada aos amigos estudantes estrangeiros que me acompanharam durante meus primeiros anos nos Estados Unidos. Nunca vou esquecer os verões que passamos sozinhos no campus, da gente caminhando para o trabalho de manhã cedo pela neblina, de como nos divertimos apesar de tudo.

Aos meus professores e colegas escritores da Universidade de Nova York e da Universidade de Iowa, obrigada por compartilharem as suas histórias e por lerem as minhas, e por me acolherem quando senti que não tinha para onde ir.

Amigos queridos também me ajudaram a entender e viver vários dos conceitos explorados neste romance, durante os anos que levei para escrevê-lo. Camila Santos, Flávia Stefani, Jennifer Shyue, Roma Aryal e Sara Brenes Akerman, especialmente, obrigada por me enviarem livros e chá pelo correio exatamente quando eu precisava. Não poderia ter escrito isto sem suas palavras, seu carinho, sua compreensão de imigrante.

Felipe Guz Tinoco, obrigada por construir uma vida comigo do outro lado do mundo, e por deixar eu te contar essas histórias tantas vezes, até que fizessem sentido. Obrigada por cada tarde que passamos escrevendo na Housing Works Bookstore, por cada xícara de café, por todas as vezes que nos sentamos no chão e nos perguntamos coisas impossíveis. *You're my home.*

Por fim, gratidão infinita à minha mãe, Marinez Alves Dantas Guilherme, e à minha irmã, Brena Marina Dantas Guilherme, minhas melhores amigas no mundo inteiro e para quem escrevi este livro, com todo meu amor.

ESTA OBRA FOI COMPOSTA PELO ESTÚDIO O.L.M./ FLAVIO PERALTA EM ELECTRA
E IMPRESSA EM OFSETE PELA GRÁFICA BARTIRA SOBRE PAPEL PÓLEN BOLD
DA SUZANO S.A. PARA A EDITORA SCHWARCZ EM ABRIL DE 2025

A marca FSC® é a garantia de que a madeira utilizada na fabricação do papel deste livro provém de florestas que foram gerenciadas de maneira ambientalmente correta, socialmente justa e economicamente viável, além de outras fontes de origem controlada.